LASS DICH »einfach« FALLEN

Isabell Heithier

Die deutsche Nationalbibliothek verzeichnet diese Publikation in der Deutschen Nationalbibliografie.

Text: Isabell Heithier
Lektorat: Anni Heine, Nadja Bobik
Redaktion: Anni Heine
Covergestaltung: Alicia Frei
Satz und Layout: Verlagshaus Schlosser
ISBN 978-3-96200-767-6
Druck: Verlagsgruppe Verlagshaus Schlosser
D-85652 Pliening • www.schlosser-verlagshaus.de

Printed in Germany

Mit großem Dank an alle,
die mich in den letzten zehn Jahren
begleitet und ertragen haben.

Inhalt

Prolog

Ich schreibe diese Worte auf den Tag genau zehn Jahre nachdem mein Mann Mike beschloss, sich das Leben zu nehmen und mich mit den Kindern zurückzulassen. Im Lauf der Jahre kam ich über die Heulkrämpfe hinweg, die mich zu Beginn durchgeschüttelt haben. Auch heute vergieße ich Tränen auf der Fahrt zu meiner ehemaligen Therapeutin, mittlerweile Freundin, Lektorin und Redakteurin. Das erste Mal ist es mir dabei gelungen, die zehn Minuten, die mir mein Vater zwei Wochen nach der Beerdigung als maximale, tägliche Trauer-Dauer empfohlen hat, einzuhalten.

Meine Großmutter versuchte mich rund fünf Jahre später kurz vor ihrem Tod aufzumuntern. Sie frotzelte, jetzt würde mein Mann mir wenigstens widerspruchslos zuhören, wenn ich mit ihm spreche. Sobald sie ihm im Himmel begegne, würde sie ihn für mich gehörig in den Hintern treten dafür, dass er uns einfach so und ohne Vorwarnung allein gelassen habe.

Damals, an Mikes Todestag, fiel mein gesamtes Leben wie ein Kartenhaus in sich zusammen. Was denkt man in so einem Moment? Da war nur Leere, lange, dunkle Leere. Alles, wozu ich in der Lage war, war das Haus zu putzen, wieder und wieder, stereotyp. Mein Vater quittierte das meiner besorgten Mutter gegenüber mit den Worten: »Solange sie putzt, passiert schon nichts.« Auf die Leere folgte Chaos im Kopf. Wie sage ich es den Kindern? Wie sage ich es seinen Eltern? Wie schaffe ich den Familienunterhalt?

In diesem Buch beschreibe ich meine Reise seit diesem für meine Jungs und mich traumatischen Tag bis heute, eigentlich sogar bis in mein künftiges, ganz persönliches Happy End.

Todsichere Scheidung

Endlich war es so weit: Musiknacht in den Szenekneipen unserer Stadt! Es war der 28.04.2012, ein Samstag wie jeder andere. Mike hatte morgens noch im Bett gelegen und tief und fest geschlafen. Ich befand mich gerade im Hof und schnitt unseren Bambus zurück, als er mit noch verschlafenem Blick die Treppe herunterschlenderte. Zwischen uns war es harmonisch wie schon lange nicht mehr. Er nahm mich in den Arm und sagte sanft: »Ich liebe dich!«

Am Nachmittag waren wir bei Ryan und Jennifer um Grillen. Die ganze Nachbarschaft war am Start. Es war ein wunderschöner Nachmittag. Mike stand bei unserem Sohn Bryan an der Schaukel und schubste ihn an, unser Sohn Dylan spielten im Sandkasten. Ryan bot Mike ein Bier an. »Nein, ich fahre die Kinder nachher zu meiner Schwiegermutter«, lehnte Mike ab. »Komm schon, du kannst ruhig eins trinken, dann bringe ich die Kinder zu meiner Mutter«, schaltete ich mich ein. »Lass mal, ich wollte mich ohnehin noch verabschieden.«

»Verabschieden?« Ich schüttelte den Kopf und lachte. »Wir holen die zwei morgen früh doch wieder ab.«

Am Abend brachte Mike unsere beiden Jungs schließlich zu meiner Mutter. Ich verschwand in der Zwischenzeit im Bad, um mich aufzuhübschen. Was der Abend wohl bringen würde? James und Charlotte holten uns ab. Total crazy, wo sie doch gerade erst die Scheidung eingereicht hatten. Meine Begeisterung, die beiden Spaßbremsen dabei zu haben, hielt sich in Grenzen, Sie hatten sich in den letzten Monaten nur noch bekriegt und Charlotte hatte sich mehr als einmal bei mir Luft gemacht und beklagt, wie bescheuert ihr Mann doch sei. Aber gut, dafür sind Freunde schließlich da.

Unser kinderfreier Abend begann im High-Five. Mit von der Partie waren Vivien und Thore sowie Ian und Ella, Freunde aus unserer Schul- und Jugendzeit. Ella hatte ich Jahre zuvor in einer Disco auf der Damentoilette kennengelernt. Wir hatten uns spontan angefreundet. Sie fuhr seinerzeit einen VW Käfer, der wie »Herbie« aus dem gleichnamigen Film aussah. Nach der ersten Trink-Runde zogen wir weiter. Wir trafen Luke, meinen besten Freund aus der Kindergartenzeit und seinen besten Kumpel Massimo. Luke musste während unserer gemeinsamen Kindertage des Öfteren die Folgen meiner verrückten Ideen ausbaden. Eines Mittags standen er und ich im Zimmer seines großen Bruders am Dachfenster. Dort war ein Quecksilberthermometer angebracht. Ich fand es eine gute Idee, ein Feuerzeug darunter zu halten, um zu sehen, was dann geschieht. Da ich den unweigerlich darauffolgenden Ärger nicht selbst einkassieren wollte, motivierte ich Luke, das Feuerzeug zu halten. Aktion – Reaktion! Das Thermometer flog uns kurz darauf lautstark um die Ohren, ebenso die Worte unserer Mütter zu der verrückten Idee. Luke rächte sich bei mir wenig später beim Spielen im Wald: Er warf mich in den eiskalten Bach! Selbst nach dieser eiskalten Abkühlung war ich noch heimlich in Luke verknallt. Den Mut, das anzusprechen, hatte ich nie.

An jenem Abend wanderte halb Sommerdorf durch die Szenekneipen der Stadt. Mikes Schwester Anna und ihr Mann waren auch da. Wir trafen auf unserem Kneipenrundgang viele alte Bekannte, es war der Wahnsinn!

Die fünf Mädels aus meiner Donnerstags-Frühstücksgruppe waren ebenfalls unterwegs. Mike flirtete den ganzen Abend mit mir. Eine von ihnen kommentierte: »Der lässt dich aber auch nicht aus den Augen.« Sie wusste von Mikes Eifersucht auf jeden Mann, der mich auch nur eines Blickes würdigte. Heute wirkten wir auf die Anwesenden wie frisch verliebt, auch für mich fühlte es sich so an und ich genoss dieses wunderschöne Gefühl.

Rund zwei Stunden später, wir standen gerade neben der Tanzfläche im Black Lodge, hielt er mich unvermittelt am Arm fest und sagte: »Komm, wir gehen jetzt heim!«

Ich wollte nicht. Irgendwie hatte ich auf einmal panische Angst, mit nach Hause zu gehen. Alles in meinem Körper wehrte sich dagegen, ihn zu begleiten. Es klingt vielleicht verrückt, aber ich erinnerte mich in diesem Moment an einen Traum, den ich wenige Tage zuvor hatte: Mike hatte mir darin ein Kissen ins Gesicht gedrückt. Ich rang nach Luft und es fühlte sich an, als müsse ich um mein Leben kämpfen.

Alles was ich mir heute wünschte war, gemeinsam mit ihm diesen Abend weiter zu genießen. Die Kinder waren so selten über Nacht weg. Ich bat ihn, noch etwas zu bleiben, doch er wollte nicht.

Unvermittelt zog mich Charlotte von ihm weg auf die Tanzfläche. Ich wollte nicht, dass der Abend so endet. Also riss ich mich von ihr los, ging zu ihm zurück und bat ihn, auf mich zu warten. Ich wollte mich noch schnell von den anderen verabschieden. Als ich zurückkam, war Mike bereits gegangen. *Super, herzlichen Dank fürs Warten! Dann eben nicht*, dachte ich enttäuscht. *Lauf doch heim, ich bleibe noch!* Ich kehrte zurück auf die Tanzfläche und tanzte mir den Frust von der Seele. *So ein Spinner!*

Hätte er jetzt nicht warten können? Ich war sauer und gekränkt. Mike konnte so verdammt stur sein.

Dann fiel mir ein: Ich hatte keinen Schlüssel dabei. Ich schrieb ihm, er solle ihn für mich unter den Blumentopf vor der Tür legen. Er antwortete, der Schlüssel stecke bereits in der Haustür. Auf meine Frage, ob er keine Angst habe, er könne gestohlen werden, antwortete er: »Nein, so wie ich gleich aussehe, haben die wohl eher Angst vor mir.«

Ich schrieb ihm noch, dass ich es schade fand, dass wir nicht zusammen gegangen waren. Mike meinte nur, ich solle den Abend genießen.

Ich blieb noch eine Weile bei den anderen. Ganz unvermittelt überkam mich wie aus dem Nichts ein seltsam drängendes Gefühl und auf einen Schlag wollte ich so schnell wie möglich nach Hause.

Ich holte in aller Eile meine Jacke und ging. Auf dem Heimweg verspürte ich einen zunehmend unguten Druck im Magen und wurde immer nervöser. Das letzte Stück bis zum Haus rannte ich. Als ich die Stahltreppe zu unserem Haus hinunterlief, wunderte ich mich darüber, dass die Jalousien im Schlafzimmer noch oben waren. *Komisch, so viel hat er doch gar nicht getrunken*, dachte ich. Der Schlüssel steckte wie angekündigt in der Tür.

Ich ging kurz in die Küche, um einen Schluck Wasser zu trinken. Auf der Treppe nach oben fühlte sich jeder Schritt schwerer an. Im Bad fiel mir sofort auf, dass Mikes Kleidung nicht wie üblich über dem Badewannenrand hing. Ich schüttelte den Kopf und ging ins Schlafzimmer. Kein Mike. Meine Bettseite war aufgedeckt. »Mike, wo bist du?«, rief ich laut. »Mike, verdammt, lass den Scheiß!« Wie ferngesteuert ging ich in Dylans Zimmer. Die Balkontür stand weit offen und die Balkonstühle lagen auf dem Boden. *Na toll, er hat sie umgeworfen*, dachte ich ein wenig verärgert. *Super, er ist wieder mal durchgedreht!*

Doch dieses Mal sollte ich mich täuschen. Ich trat auf den Balkon hinaus – und da hing er – an einem Seil.

Ich war wie erstarrt. Sekunden später hörte ich mich sagen: »Mike, lass den Scheiß! Komm da sofort runter!« Ich ging einen Schritt auf ihn zu. Wie in Trance fasste ich seinen Fuß und drehte Mike mit dem Gesicht zu mir. Es war blau, die Zunge hing heraus, dunkelblau verfärbt. Die Hosenbeine waren nass. Wie durch einen Nebel wurde mir langsam klar: Das hier war nicht einer seiner üblichen Scherze, mit denen er mich sonst zu erschrecken pflegte. Mike hatte sich erhängt!

Ich schrie. Ich schrie um Hilfe. Warum hörte mich denn niemand? *Nein, das ist ein Albtraum, das hat er nicht wirklich getan!* versuchte ich mir panisch einzureden. Ich fühlte mich wie in einer Zeitlupe gefangen. Meine Gedanken explodierten und gleichzeitig gelang es mir kaum, einen klaren Gedanken zu fassen. Ich verlor den Boden unter den Füßen. Doch ich musste Hilfe holen! Schnell! Hektisch stellte ich die Stühle auf und versuchte, Mike daraufzustellen, sodass er wieder Luft bekäme. Vergeblich. Schließlich rannte ich los zu den Nachbarn, pausenlos um Hilfe schreiend. Ich hörte, wie eine Nachbarin gegenüber den Rollladen hochzog. Sie rief, was los sei. »Ich brauche Hilfe, sofort!« Jennifer und Ryan, unsere direkten Nachbarn, schienen mich nicht zu hören. Klingeln konnte ich dort nicht. Chiara, so alt wie Dylan, schlief längst und ich wollte ihr das ersparen. Ich läutete schließlich bei Sarah und Terence an. Wahnsinn, worüber man sich in so einem Moment Gedanken macht. Gleichzeitig dachte ich unzählige Male: *Das hier passiert gerade nicht wirklich – nicht mir!*

Kevin war schließlich der Erste, der mir zu Hilfe eilte. »Was ist los, Isabell?«, fragte er.

»Komm! Komm mit, schnell! Mike!«

Wir rannten ins Haus. Ich führte ihn zu Mike und er hob ihn sofort hoch. Mithilfe einer Schere schnitt ich das relativ dünne Seil durch. Mikes Körper fiel schwer nach vorne. Dumpf schlug sein Kopf auf das Fenstersims, seine Stirn begann zu bluten. Wir legten ihn auf den Rücken. Kevin begann unvermittelt mit der Herzmassage. Ich beatmete Mike, nachdem ich seinen Rachen vom Erbrochenen freigeräumt hatte. Kein Gedanke an Ekel, Mike sollte atmen! Zwei, drei … neunzehn, zwanzig. Sein Erbrochenes konnte ich in meinem Mund schmecken. Egal, weiter. Ich war mir so sicher, dass er wieder atmen würde. Er durfte nicht sterben! Er würde nicht sterben. Das würde und durfte er mir und den Kindern niemals antun.

Ryan und Terence kamen schließlich dazu. Sie zogen mich weg. Ich wehrte mich mit aller Kraft. »Nein, ich will bei Mike bleiben!«, schrie ich außer mir.

Wenig später saß ich am Fuß unserer Treppe. Mittlerweile war die ganze Nachbarschaft wach. Ich hielt das Warten kaum aus. Wo zum Teufel blieb der Krankenwagen? Warum dauerte das so lange? *Hilfe!* Meine Nerven lagen blank. Als der Notarzt endlich eintraf, beruhigte ich mich selbst: *Sie werden ihn retten, ganz bestimmt.*

Nachdem der Notarzt eine gefühlte Ewigkeit später wieder herunterkam, saß ich bereits in der Küche. Er sah mich stumm an. Sein Blick verhieß nichts Gutes. Alles in mir wehrte sich dagegen, zu erfahren, wovon sein Gesicht Bände sprach.

»Nein, nein, ich will es nicht hören, ich will nicht! Nein!«. Alles in mir drehte sich gefühlt »auf Links«. Meine Stimme erlebte ich, als gehöre sie in diesem Moment nicht zu mir.

»Frau Heithier, es tut mir leid, Ihr Mann ist tot.«

»Das kann nicht sein, er hat geatmet! Nein, er lebt!« Ich sprang auf. »Ich will zu ihm, lassen Sie mich sofort zu ihm!« Sie versuchten zu zweit, mich davon abzuhalten, zu meinem Mann zu laufen. Mit aller Kraft riss ich mich los und rannte die Treppe hinauf.

Da lag er. Ich legte mich weinend neben Mike und hielt ihn fest. Ich hielt ihn so fest ich konnte. Er war so kalt! *Er braucht eine Decke. Ich muss eine Decke holen, er friert doch.* »So geht das nicht. Hören Sie, er friert!« Ich hielt seine Hand und drückte sie an meine Wange. Sie fiel immer wieder herunter. Ich wurde plötzlich so wütend, sodass ich ihm eine scheuerte. »Verdammt nochmal, gib mir deine Hand, bitte!«, schrie ich ihn an. Ich trommelte auf seine Brust. »Wach auf, bitte, bitte, wach auf! Sag mir, dass alles gut wird! Verdammt nochmal, du sagst immer, dass alles gut wird! Bitte Mike, sag mir, dass alles gut wird! Mike, bitte!«

Ein Polizist stand kurz darauf neben mir. Er hatte blaue Augen und trug eine Brille.

»Wenn ich jetzt einschlafe und wieder aufwache, ist alles wieder wie vorher, nicht wahr? Dann ist alles wieder gut«, flehte ich ihn an. Ich konnte beobachten, wie er nach Worten suchte. Es gelang ihm nicht. Ich war so verzweifelt. »Wir wollten noch ein Kind!«, flüsterte ich. »Wir wollten nach Italien und dort eine Pension eröffnen. Wir hatten noch so viel vor! Das kann es nicht gewesen sein, nicht so! Nicht ...«

Ich spürte eine Hand auf meinem linken Arm. Die Dame von der Seelsorge deutete mir an, dass ich jetzt den Balkon verlassen müsse. »Ich will nicht, ich will nicht! Bitte Mike, wach auf!«, rief ich erneut.

Als ich aufstand, bemerkte ich, dass ich eine Sturzblutung hatte. Die Dame von der Seelsorge begleitete mich ins Bad. Nach einer schnellen Dusche kam ich wieder heraus. Brandon stand vor mir an der Treppe – endlich ein vertrautes Gesicht, endlich ein Freund. Er war wie ein großer Bruder für mich. Ich kannte ihn seit siebzehn Jahren. Endlich konnte ich mich fallen lassen. Brandon konnte es selbst nicht fassen. Ich fiel ihm um den Hals und hielt mich an ihm fest. *Bitte nicht loslassen, bitte nicht loslassen!*, dachte ich immer wieder.

Einige Minuten später begaben wir uns ins Wohnzimmer. Die anderen warteten dort bereits auf uns, auch der Notarzt war geblieben. Ich erinnere mich, dass die Dame von der Seelsorge und der Notarzt mir gegenübersaßen. Brandon saß links neben mir auf der Couch. Tausend Gedanken schossen mir durch den Kopf und ich hatte das Gefühl, dass mich die Anwesenden erwartungsvoll anstarrten. *Hatte ich eine Frage überhört?*. Im Moment nahmen meine Synapsen nur meine eigene innere Stimme wahr: *Wie sage ich es den Kindern? Wie seiner Mutter, sei-*

ner Familie? Wie erklärt man so etwas, wie?! Das Gefühl unüberwindbarer Hilflosigkeit kam hoch. Und gleichzeitig diese unendliche Fassungslosigkeit: So etwas passierte doch nur im Film, aber doch nicht mir!

»Isabell! Isabell!« Ich hörte eine Stimme. Es war Brandon. »Wir müssen los.«

Perplex fragte ich: »Wohin denn?«

»Zu den Kindern«, sagte er.

In der Zwischenzeit waren alle Vorbereitungen für Mikes Abtransport getroffen. Ich war zu sehr in Gedanken bei unseren Kindern, um mich auch noch darauf zu konzentrieren. Sie transportierten Mike schließlich ab, während ich mich damit konfrontiert sah, unseren Kindern in Kürze gegenüberzutreten, um ihnen mitzuteilen, dass ihr Vater sie nie mehr in den Arm nehmen konnte. *Okay, zu den Kindern*, dachte ich. Kraftlos wischte ich mir die endlos nachfließenden Tränen vom Gesicht. »Ich schaffe das nicht. Kommst du mit?«, fragte ich Brandon. Er nickte, war da, jederzeit greifbar.

Es war, glaube ich, gegen sieben Uhr morgens, als wir bei meiner Mutter ankamen. Brandon rief sie vom Auto aus an und bat sie, allein an die Haustür zu kommen. »Warum?«, wollte sie wissen. Sie verstand es nicht. Wie auch?

Als sie in der Tür stand, schossen die Worte wie mechanisch aus mir heraus: »Mike ist tot. Wo sind die Kinder?« Ich kam mir vor, als würden Körper und Gehirn nur noch auf Reserve laufen.

Die Kinder waren munter geworden. Ich rannte die Stufen zu ihnen hoch, zwanzig Stufen, die mir noch nie so ewig vorgekommen waren.

Dylan lief mir entgegen, Bryan folgte ihm dicht auf dem Fuße. »Mama! Und wo ist Papa?«

Ich versuchte, nicht zu weinen. *Reiß dich zusammen*, befahl ich mir, während ich mich auf die Schlafcouch setzte, *sei stark!* Ich nahm Bryan hoch. Dylan setzte sich auf meinen Schoß. Ich hielt die beiden ganz fest in meinen Armen.

»Mama, wo ist Papa?«, fragte Dylan erneut.

Ich konnte die Tränen nicht länger zurückhalten. »Papa wird nicht wiederkommen. Er ist jetzt im Himmel. Er ist tot«, sagte ich.

»Was ist er, Mama? Ist … er tot?«

»Ja, er ist tot.«

Zehn Jahre später, fand ich beim Ausmisten eine Kiste auf unserem Dachboden. Darin befanden sich meine Tagebücher aus genau dieser Zeit. Beim Herausnehmen fiel ein Blatt zu Boden. Meine beiden Söhne und ich hatten damals unsere Hände auf ein Blatt Papier gepaust und jeder schrieb in seine Hand, was er sich für die Zukunft wünscht. Dylan wünschte sich damals Hilfe, Halt und Freunde, die mit ihm spielen. Bryan wünschte sich einen Zauberstab, um seinen Vater zurück ins Leben zu zaubern. Ich wünschte mir Halt, Wachstum, Größe, Zuneigung, Geborgenheit und Liebe. *We think too much and feel too little*, hatte ich in meine Handfläche geschrieben. Dylan fand mich mit Tränen in den Augen über die Kiste gebeugt und fragte, was ich da gefunden hätte. Ich zeigte ihm unser gemeinsames Wunschblatt. Unvermittelt begann er zu erzählen: »Weißt du, Mama, an dem Tag, als wir im Garten grillten hörte ich Papa oben auf dem Balkon. Ich rannte die Treppe hoch zu ihm. Er hielt ein Seil in der Hand und die Balkonstühle hatte er ineinander gestapelt. Ich fragte, was er da mit dem Seil mache. Er antwortete: Wir hängen morgen unsere Balkon-Schaukel wieder auf. Ich dachte mir nichts weiter dabei und freute mich. Am nächsten Tag war Musiknacht und Papa brachte uns abends zu Oma. Beim Abschied sagte er, dass er uns immer lieben wird und dass er glücklich ist, dass er uns hat. In der Nacht habe ich schlecht geschlafen. Einmal bin ich aufgewacht und hatte das Gefühl, dass etwas Schlimmes passiert ist. Am nächsten Morgen klingelte es bei der Oma und ich freute mich auf Papa. Du kamst mit Oma, Brandon und zwei Leuten rein und ich fragte, wo ist Papa. Oma und Du weinten. Du sagtest, er kommt nicht mehr. Ich meinte: Wie, er kommt nicht mehr?! Du sagtest, er sei tot. Ab dem Tag änderte sich mein ganzes Leben.«

Meine Erinnerungen an die ersten Stunden, Tage, Wochen und Monate waren lückenhaft und chaotisch. Häufig stand ich wie neben mir. Mein Tagebuch wurde zu meinem zweiten Gehirn, wenn es darum ging, mich zu erinnern, was alles passierte. Morgens im Bad sprach ich mir innerlich vor: »Gesicht waschen, Haare zusammenbinden, Zähne putzen, Kinder richten.« Ich funktionierte. Meist fehlte mir die zeitliche Abfolge von Geschehnissen und ich war mir oft nicht sicher, ob ich einzelne Erinnerungen richtig zuordnete, wenn sie mir plötzlich wieder in den Sinn kamen.

Ich weiß aber noch, dass ich an jenem Morgen nach Mikes Tod bei meiner Mutter erst einmal im Wohnzimmer auf dem Sofa Platz nahm. Bryan saß auf dem Boden und spielte. Irgendwann legte ich mich auf dem Sofa hin. Keine Ahnung, ob ich eine Zeit lang geschlafen habe, ich habe keine Erinnerung daran. Als ich wieder erwachte, war sich ein Teil von mir sicher, dass alles nur ein Traum war. Alles war gut. Brandon und ich würden jetzt mit den Kindern nach Hause zurückfahren. Mike würde da sein und alles wäre gut.

Brandon fand, ich solle noch bei meiner Mutter bleiben, er würde allein zu uns nach Hause fahren, um aufzuräumen und all die Sachen zu entfernen, die von den Ereignissen der letzten Nacht zeugten.

Ich war wie in Trance, verstand nicht. »Die Kinder wollen unbedingt nach Hause, Brandon. Kommt, wir fahren heim!« *Alles wird gut, Isabell, es ist nur ein Albtraum*, redete ich mir selbst ein.

Von wegen! Leidvoll musste ich in den folgenden Wochen erfahren, dass eine derart dramatische Geschichte nicht für sich alleinsteht. Alles Schlimme beginnt damit erst richtig. »Wer zur Quelle schwimmt, lebt. Wer mit dem Strom schwimmt, ist bereits gestorben«, kam mir in den Sinn. Ungefähr so ist es, wenn jemand stirbt, fand ich. Du fängst an zu schwimmen, denn dein bisheriger Platz ist nicht mehr vorhanden und dein bisheriges Leben vorbei. Einer ist gegangen. Ich kann da nicht stehen bleiben, ich muss mit meinen Kindern weiterschwimmen, einen neuen Platz für uns finden. Vorbei war es nur für Mike. Auf mich warteten viele Lektionen, unter anderem lernte ich die wahren Gesichter meiner angeblichen Freunde kennen.

Zu Hause angekommen, schien alles wie immer. Die Kinder liefen hinein und suchten nach Mike. *Er ist im Moment nicht da.* An diesem Gedanken hielt ich mich fest. In meinem Kopf waren alle Eindrücke wie verschwommen, meine Gedanken waren in einem Nebel verpackt, ich fühlte mich dumpf, gleichzeitig da und doch nicht da. Ich glaube, ich ging damals direkt ins Schlafzimmer und legte mich hin. Bryan und Dylan kamen zu mir und wir lagen eine Weile gemeinsam auf dem Bett. Ich starrte zur Decke, den Kopf voller schwerer Gedanken. *Wie soll ich es seiner Familie sagen?*, überlegte ich. *Wen rufe ich als Erstes an? Ich kann das doch nicht am Telefon sagen.*

Nach einer gefühlten Ewigkeit nahm ich den Hörer in die Hand und rief seine Tante an. Sie war eine so liebe Frau, eine, die immer gut gelaunt war und alle zum Lachen brachte. Mikes Tante backte für ihr Leben gern, aß aber selbst keinen Kuchen. Sie war es, die mich bei jeder kleineren und größeren Schwierigkeit stets ermuntert hatte: »Du bekommst das wieder hin.«

Allerdings war es auch Mikes Tante, die rund zehn Jahre zuvor auf einer Familienfeier in ihrem Garten zu mir gesagt hatte: »Wenn ihr euch trennt, gehörst du nicht mehr zur Familie.« Das klang bedrohlich. Ob sie das wortwörtlich gemeint hatte? Kurz zuvor hatte ich ihr anvertraut: »Ihr seid die Familie, die ich nie hatte.«

Es klingelte am anderen Ende. Fröhlich wie ich sie kannte vernahm ich kurz darauf: »Hallo, wer ist da?« »Hallo, ich bin es, Isabell.« Pause. »Ja hallo, wie geht's euch?«

»Es ist was passiert.« Pause. »Mike ist tot.« Stille. »Bitte, kannst du den anderen Bescheid geben? Ich kann das nicht, sorry.« Dann legte ich auf, ohne eine Antwort abzuwarten.

Inzwischen waren meine Eltern eingetroffen. Ihre Anwesenheit nahm ich wie durch einen dichten Schleier wahr. Alles schien durcheinander. Ich war durcheinander. Nun saß ich auf unserem Balkon, genau an der Stelle, an der Mike gelegen hatte, blickte in den Himmel und versuchte zu begreifen, was passiert war. Ich weinte, sah Mikes Gesicht vor mir. Er lächelte. Ich war wieder dreizehn Jahre alt und er sechzehn. Warum konnte nicht alles wieder gut werden?

Ich erinnere mich noch genau an unsere erste Begegnung auf dem oberen Pausenhof in der Schule. Meine Schulfreundin Anka musste ihrer großen Schwester etwas bringen, und da stand Mike. Er trug eine blaue Jeans und ein weißes T-Shirt von Levis, dazu ein rotes Stirnband. Wow, was für ein cooler Typ! Ich war sofort in ihn verliebt. Liebe auf den ersten Blick, mit allem, was dazugehört: Heiraten, Kinder kriegen, gemeinsam alt werden. Ja, genau das war mein Plan.

Ich lächelte. Was für schöne Erinnerungen. Er fand mich damals auch nicht schlecht, nur war ich ihm zunächst zu jung. Anka hatte es sofort ihrer Schwester erzählt und ihre Schwester erzählte es wiederum Mike. Ich wäre am liebsten im Erdboden versunken. Super! Wenn wir uns von da an begegneten, bekam ich nicht einmal ein Hallo heraus. Es war mir echt peinlich! Er fand das süß. Klar fand er das süß …

Als ich dann 16 Jahre alt war, wurden wir ein Paar. Wahnsinn, mein Schwarm wurde mein Freund! Er brachte mir Rollerfahren bei, auf seiner roten Vespa, Baujahr 1975. Ich werde das nie vergessen! Auf diesem Roller küssten wir uns eines Tages beinahe, allerdings nur beinahe. Ich bremste nämlich nicht rechtzeitig und fuhr fast auf eine Mauer. Wir mussten so lachen!

»Mama, Mama, ich hab' Hunger!« Dylan holte mich unsanft in die Realität zurück.

»Was?« »Ich hab' Hunger!«, insistierte er.

Ich ging mit ihm in die Küche und machte – nichts! Ich war wie gelähmt, der Kopf völlig leer. Wofür sollte ich kochen, warum? Meine Eltern übernahmen, kümmerten sich anschließend um Dylan und Bryan. Überall waren plötzlich so viele Leute und alle wollten wissen, was los war. Es ging zu wie in einem Taubenschlag. Was wollten die hier? Wer hatte sie angerufen? War ich das gewesen? Immer wieder dieselben Fragen, dieselbe niederschmetternde Antwort.

Das Nächste, woran ich mich erinnere, ist eine Liste mit Namen, die ich stereotyp abtelefonierte. Ich erzählte immer dasselbe: »Es ist etwas Schlimmes passiert. Mike ist tot. Ja, er hat sich umgebracht.« Am anderen Ende ertönte: »Das ist ein Witz!«, oder ähnliche Reaktionen. Manchmal auch nur Stille.

Einen Tag nach Mikes Tod stand Samantha, Mikes ältere Schwester, vor der Tür. Erleichtert fiel ich ihr um den Hals. Ich habe sie schon immer bewundert, denn sie wusste stets, was zu tun war.

»Es tut mir so leid«, schluchzte sie. Sie hatte beim Bestatter bereits einen Termin vereinbart. »Mike braucht einen Anzug, wir müssen gleich los.«

Ich ging ins Schlafzimmer und holte seinen Hochzeitsanzug aus dem Schrank. Er hatte so verdammt gut darin ausgesehen.

Die Erinnerung an den 22.09.2007 wurde mit einem Mal wieder lebendig. Endlich war es soweit gewesen: Nach 12 Jahren Beziehung würden wir endlich heiraten. Wahnsinn! Um ehrlich zu sein, hatte ich schon gar nicht mehr damit gerechnet. Mikes Heiratsantrag war nicht besonders romantisch gewesen, aber am Tag unserer Hochzeit machte er das wieder mehr als wett: Vor der Trauung, wir waren gerade oben am Schloss angekommen, sank er vor mir auf die Knie und stellte mir erneut die große Frage.

Seinerzeit war ich gerade dabei, meine Ausbildung zur Kosmetikerin abzuschließen und mich auf die Prüfungen vorzubereiten. Es war im Juni, als Mike verkündete: »Entweder heiraten wir dieses Jahr am einundzwanzigsten August oder nächstes Jahr.«

Ich saß im Wohnzimmer und war total in meine Schulunterlagen vertieft. Meine Reaktion fiel relativ nüchtern aus. Ich wandte mich ihm mit einem kurzen Blick zu: »Ja, klar.« Daraufhin widmete ich mich wieder meinen Unterlagen und lernte weiter. Erst eine Woche später, beim Kartoffeln schälen, kam ich darauf zurück: »War das dein Ernst wegen der Hochzeit?« Er grinste und bejahte. »Dann heiraten wir dieses Jahr«, entschied ich. »Wer weiß, was nächstes Jahr ist. Nicht, dass du noch kalte Füße bekommst.«

»Isabell, alles okay bei dir?« Samantha riss mich unsanft aus meinen Gedanken in die Realität zurück. »Kommst du bitte herunter?« In der Küche hatten sich in der Zwischenzeit immer mehr Menschen versammelt, die durcheinanderredeten. Ich war von Wortfetzen umzingelt: »Es ist so unfassbar, was passiert ist« und »Warum? Warum hat er das gemacht?« hörte ich sie sagen.

»Woher soll ich das wissen? Ich verstehe es ja auch nicht«, gab ich hilflos zurück. In mir entstand unvermittelt Wut: Ich hatte das alles doch nicht gewollt – jetzt stand ich hier ganz allein und sollte erklären, warum Mike gegangen war. Ich wollte weder, dass er weg war, noch wusste ich warum!

Mittlerweile war es 12 Uhr. Mikes Eltern waren längst da und mein Vater auch. Wir machten uns alle zusammen auf den Weg zum Bestatter. Ich bemerkte, dass ich völlig überfordert war. Meine Beine fühlten sich bleiern an, jeder Schritt schien zu schwer. Es kam mir vor, als würde ich in die falsche Richtung laufen. Ich wollte zurück, und zwar dorthin zu jenem Zeitpunkt zurück, an dem Mike noch am Leben war, zu Hause, bei mir und den Kindern. Am liebsten hätte ich mich jetzt im Bett verkrochen, um nichts tun und am besten auch nichts denken zu müssen. Einfach nur schlafen! Ich hoffte immer noch, dass all das nur ein böser Traum war.

Die Dame vom Bestattungsinstitut wollte alles Mögliche wissen: Die gewünschte Wortwahl und den Inhalt für die Todesanzeige, welchen Sarg wir auswählen und für wie viele Jahre wir das Grab anmieten würden. Wieder redeten alle durcheinander. Ich wollte schreien. Ich hielt das alles hier nicht mehr aus. Der Schmerz über Mikes Tod überkam mich an Ort und Stelle. *Was wollten die alle? Was waren das für schwierige Fragen? Wofür sollte ich mich entscheiden? Ich wollte seinen Tod nicht und zu diesem Zeitpunkt auch keine Entscheidung treffen, die ihn außerdem noch zementiert.* Gerade zwei Wochen zuvor hatten wir noch Bryans dritten Geburtstag gefeiert, vor drei Wochen hatte Dylan seine Erstkommunion. Mike und ich hatten erst vor fünf Jahren geheiratet, wir standen doch mitten im Leben. Jetzt sollte ich seinen Sarg aussuchen? Mir blieb die Luft weg. Das war zu viel. Ich wollte nach Hause, sofort. Ich war zu jung, um Witwe zu sein! Deshalb stand ich auf und rannte hinaus. Vor der Tür sank ich in die Knie, meine Beine versagten. Magen und Rücken verkrampften sich schmerzhaft. Es schnürte mir den Hals zu, Brust und Bauch – ich bekam kaum noch Luft. Einatmen? Fehlanzeige! Ich brach in Tränen aus, weinte hemmungslos.

Mein Vater eilte mir nach und nahm mich fest in seine Arme. »Wir bekommen das hin«, versuchte er mich zu trösten. Minutenlang hielt er mich in seinen Armen, schenkte mir eine kurze Auszeit und holte mich dann zurück in die Realität: »Komm jetzt, wir gehen wieder hinein, du schaffst das.«

»Frau Heithier, welche Sarg-Ausführung möchten Sie? Einfach, gehoben, luxuriös? Soll der Sarg gepolstert sein? Möchten Sie ein Kissen für Ihren Mann, soll er eine Decke erhalten? In welcher Urne möchten Sie Ihren Mann seiner letzten Ruhestätte zuführen? Wir hätten da …«

Mich zog es wie magisch zu einer Urne, auf der ein Ginkgo-Blatt eingeprägt war. Ginkgo-Blätter stehen für Leben und Erneuerung, das hätte Mike gefallen.

»Können Sie mir noch sagen, welche Lieder auf der Beerdigung gespielt werden sollen?«, riss mich die Dame aus meinen Gedanken.

Wie aus der Pistole geschossen hörte ich mich sagen: »Massive Attack, ›Eiserner Steg‹ von Philipp Poisel und ›Abschied nehmen‹ von Xavier Naidoo.« Das waren seine Lieblingslieder. Mikes Vater wünschte sich das »Ave Maria«. Damit war die Planung abgeschlossen.

Es wurde Abend. Wir saßen daheim auf der Terrasse und tranken Wein. Ich war so müde! Geschlafen hatte ich noch immer nicht. Wie auch? Sobald ich meine Augen schloss, sah ich Mike, wie er vor meinen Augen am Seil hing. Bryan und Dylan lagen in meinem Bett. Langsam wurde es ruhiger im Haus.

Unvermittelt stand mein Vater vor mir. »Ich habe den Schlüssel für die Halle.«

»Welche Halle?« Ich verstand nicht.

»Für die Halle, in der Mike aufgebahrt ist. Möchtest du jetzt zu ihm?« Mir wurde heiß und kalt bei dem Gedanken, ich hatte Angst, und gleichzeitig wollte ich unbedingt zu ihm. Ich wollte ihn sehen, mich mit der Realität konfrontieren. Gleichzeitig hoffte ich, das schreckliche Bild, wie er da vor mir hing, durch ein friedvolleres überschreiben zu können. Dylan wollte unbedingt mit. Wieder redeten alle durcheinander. Jeder schien zu wissen, was das Beste für uns wäre. Sie meinten, Dylan sollte nicht mit, das sei nicht gut für ihn, er wäre noch zu klein. Ich kannte meinen Sohn gut genug, um zu wissen, dass er seinen Vater wirklich und unbedingt sehen wollte und dass er das verkraften würde.

Ryan, unser Nachbar, bot an, uns in seinem geräumigen Porsche Panamera zur Halle zu fahren. Ich war dankbar dafür, dass er Dylan damit eine Freude machte. Dort angekommen ging ich zunächst allein hinein. Wie er dalag, so friedlich. Nach wie vor konnte ich es nicht begreifen, das alles war doch kaum eine Woche her. Ich sah ihn immer noch vor mir, hatte unsere letzte Begegnung vor Augen: Er lief aus dem Black Lodge, drehte sich noch einmal zu mir um, blickte mir in die Augen.

Mein Wunsch war, dass Dylan sich so von seinem Vater verabschieden konnte, wie er es brauchte. Er blieb vor Mikes Sarg stehen. Er hatte Angst. Verständlich, er war gerade mal acht Jahre alt, dennoch bereits in einem Alter, in dem er verstand, was Leben und was Tod bedeuten.

Dylan fuhr mit seiner kleinen Hand durch Mikes Haar. »Mama, darf ich Papas Hand halten?« Ich nickte und erklärte ihm: »Sie ist mittlerweile kalt, aber du kannst sie gern halten.« Dylan griff nach der Hand seines Vaters, mit Tränen in den Augen. »Warum ist Papas Hand so kalt?« Ich erklärte ihm, dass, sobald ein Mensch gestorben sei und seinen Körper verlassen habe, auch die Wärme aus dem Körper weiche. Er rannte hinaus.

Ich folgte ihm, nahm ihn in den Arm und hielt ihn ganz fest. Er weinte, da er nun begriff, dass sein Vater nie mehr zurückkommen würde. Kinder haben eine ganz eigene Art, mit Verlust umzugehen. Erst zwei Monate zuvor war unser Wellensittich gestorben. Dylan hatte ihm aus einer Zigarrenkiste liebevoll einen Sarg gebastelt, ihm Vogelfutter hineingestreut und ihn feierlich im Garten beerdigt. Danach hatte er nicht mehr über ihn gesprochen.

Für mich begann jetzt eine Zeit, in der ich plötzlich viele Dinge in einem anderen Licht sehen konnte. Vieles, was mir vorher an Mikes Verhalten nicht sonderlich aufgefallen war, ergab auf einmal einen Sinn. Vor zwei Wochen hatte er nach Jahren endlich freiwillig den Keller aufgeräumt. Mike hatte auch das erste Mal nach siebzehn Jahren die Büro-Ablage gemacht, die Kündigung seines Handyvertrags geschrieben und unser Abo bei web.de gekündigt. Außerdem hatte er sich um die Terrasse meiner Mutter gekümmert, der er vier Jahre lang immer wieder versprochen hatte, sie mit dem Dampfreiniger auf Vordermann zu bringen. In den letzten Tagen hatte er immer wieder seltsame Aussagen getätigt, die für mich damals keinen Sinn ergaben. So meinte er mir gegenüber, dass ich bald einen anderen Lebensweg einschlagen und mein drittes Kind bekommen würde – ein Kind, das ich ohnehin wollte. Was ich allerdings nicht wusste war, dass ich bereits bei seinem Tod schwanger war. In jener Nacht, als Mike sich das Leben nahm, verlor ich auch unser gemeinsames Kind. Ich wusste zu dem Zeitpunkt noch gar nicht, dass ich schwanger war. Die Frau von der Seelsorge war mit mir ins Bad gegangen. Ich hatte damals gar nicht gemerkt, dass ich voller Blut war. Es war eine Sturzblutung gewesen, die ich auf meinen Schock über Mikes Tod geschoben hatte. Wie ferngesteuert hatte ich eine Dusche genommen. Erst am darauffolgenden Besuch beim Frauenarzt erfuhr ich, dass ich eine Fehlgeburt hatte.

Der Tag der Beerdigung rückte immer näher. Ich war meilenweit davon entfernt, irgendetwas zu akzeptieren. *Warum? Warum zum Teufel hast du dich aus dem Staub gemacht? Und warum hast du nicht einmal den Anstand gehabt, uns einen Abschiedsbrief zu hinterlassen?*, fragte ich mich immer wieder. *Du lässt mich mit unseren gemeinsamen Kindern und vieler offener Fragen allein zurück!*

Wenige Tage später fanden wir dann doch noch einen Brief von Mike. Samantha, seine Schwester, fand sein iPhone auf Dylans Schreibtisch. Mike hatte uns auf diesem eine Nachricht hinterlassen: »Es tut mir echt leid für euch. Ohne mich wird es jedoch in Zukunft für unsere Süßen und dich besser sein. In letzter Zeit habe ich bemerkt, dass ich dir/euch nicht geben kann, was ich gern möchte. Ich weiß nur, dass ich mich nicht mag, wie ich bin, doch so bin ich eben. Für unsere Buben wünsche ich mir, dass sie nur optisch etwas von mir haben. Denn heutzutage beginnt es schon im Kindesalter, dass nur die Starken überleben werden. Ich war zu schwach für dieses Leben. Im Gegensatz zu Dir glaube ich nicht an ein Leben nach dem Tod. Aber vielleicht bekommst DU dort irgendwann Antworten auf Deine offenen Fragen. Es war sehr schön mit euch, doch ich konnte nicht Schritt halten. Ich war auch nie so, wie ich immer gern sein wollte.«

Wer zum Henker war er dann, wenn er nicht war, wer er sein wollte? Mit wem hatte ich die letzten siebzehn Jahre zusammengelebt? Und wo genau verdammt nochmal, dachte ich, *ist jetzt der Teil, bei dem es uns besser geht? Du bist tot und wir leben. Wir leben mit dem Schmerz und der Frage nach dem Warum. Wir bekommen keine Antworten darauf, weil nur du selbst sie kennst.* Ich fand keinen Trost in seinen Worten. Er hatte seine Antworten mitgenommen und ich wäre auch lieber tot gewesen, als auszuhalten, dass er sich einfach aus dem Staub gemacht hatte. Ein Teil von mir, so kam es mir vor, war ohnehin mit ihm in jener Nacht gestorben. Viele unserer gemeinsamen Freundschaften waren ebenfalls »gestorben«. Der Spruch, den ich in meiner Kindheit aufgeschnappt hatte, machte nun das erste Mal in meinem Leben Sinn: »Die Spreu trennt sich vom Weizen«. Es ist unvorstellbar, wie schnell sich Menschen abwenden oder nicht mehr wissen, wie sie einem begegnen sollen, nachdem etwas Schlimmes, Unvorhergesehenes passiert ist. Freunde, die anfangs noch da waren, ließen plötzlich nichts mehr von sich hören. Lag es an mir? Was hatte ich falsch gemacht? Ich fühlte mich im Stich gelassen von nicht eingehaltenen Versprechen und Zusagen. Dies schmerzte mich insbesondere in Bezug auf Dylan und Bryan. Ich war sicherlich keine Heilige in meinem Schmerz. Vielleicht hatten wichtige Menschen um mich herum zu viel von meiner Verbitterung und meinem Schmerz abbekommen. Ich war beileibe nicht auf Schmusekurs.

Mein Vater und ich hatten in den letzten Jahren kaum noch Kontakt. Seine neue Frau wollte nicht, dass er seine Kinder sah, forderte, dass er sich für sie oder für uns entscheiden müsse. Er meinte: »Blut ist dicker als Wasser.« Gott, wie ich diesen Spruch hasste! Mein Vater hatte sich damals trotz dieser Worte gegen uns entschieden. Die Geburt von Dylan hatte nicht ausgereicht, den Kontakt von seiner Seite wieder zu beleben. Nach Bryans Geburt kam er zumindest hin und wieder zu Besuch. In der Zeit nach Mikes Tod war er zu einhundert Prozent für mich und die Kinder da. Er hatte die nötige Güte und Stärke, einfach als Stütze zu fungieren. Muss denn bei uns immer erst jemand sterben?! Als er merkte, dass ich einen guten Freund habe, der sich um uns kümmert, zog er sich wieder zurück.

Wenn ich ehrlich zu mir selbst bin, weiß ich nicht mehr viel von den ersten Wochen und Monaten nach Mikes Tod. Erinnerungen sind lückenhaft, ich habe einfach nur funktioniert.

Am dritten oder vierten Tag nach der Beerdigung stand mein Vater morgens vor meinem Bett und sagte: »Du stehst jetzt auf, du hast zwei Kinder, die dich brauchen. Du bringst sie in die Schule und in den Kindergarten, ich hole sie dann ab.«

»Was, ich? Ich kann das nicht!«, gab ich zurück.

Das interessierte ihn nicht. »In zehn Tagen muss ich wieder nach Hause. Bis dahin musst du mit allem allein klarkommen.«

Bryan und Dylan hüpften aufs Bett. »Komm, Mama, aufstehen!«

»Ja, ist ja gut. Ihr habt gewonnen.« *Ich will das nicht,* dachte mein Inneres gleichzeitig.

»Los, raus jetzt!« Mein Vater hatte recht, es brachte nichts, mich zu vergraben. Also los! Ich musste die nötige Kraft aufbringen, ob ich wollte oder nicht! Frühstück machen und auf in den Alltagswahnsinn – ich hatte etwas Grundlegendes vergessen: Die Welt drehte sich gnadenlos weiter, auch wenn jemand starb. Für einen kurzen Moment bleibt die eigene Welt zwar stehen, doch das Leben nimmt seinen Lauf.

Ich hatte das Gefühl, dass mich alle anstarrten. Keiner wusste, wie er auf mich zugehen sollte, und da ging es den Leuten genau wie mir selbst. Ich wünschte mir, mich mit meinem Umfeld darauf einigen zu können, weiterzumachen wie bisher – zumindest bis ich wüsste, wo der neue Platz von mir und den Kindern sein würde. Wie geht man auf jemanden zu, der sich gerade fühlt, als hätte er ALLES verloren: Ehemann, Haus, soziales Umfeld, finanzielle Sicherheit, den Vater für die Kinder – all das, was Halt gegeben hat? Wie konnte ich nun mein Leben weiterleben? Ich wusste doch selbst nicht, wie ich mit der Situation umgehen sollte. Sogar beim Einkaufen fühlte ich mich beobachtet. Redeten alle über mich? Vielleicht nahm ich mich zu wichtig, so als ob es nur mich und meine Geschichte gäbe. Wobei, es war für Sommerdorf tatsächlich eine unglaublich große Geschichte: Traumpaar, Vorzeigefamilie und der Mann bringt sich trotzdem um. Wahnsinn, was sich Menschen alles ausdenken und einfallen lassen, um eine Erklärung für das Unerklärliche zu finden. Mir war bewusst, dass die Fantasien blühten, Gründe gesucht wurden und jeder seine eigene Wahrheit kreierte und ausschmückte. Mitgefühl und Entsetzen, Fragen und Unverständnis – in dieser Zeit stand ich gefühlt im Fokus all dieses Gedankenwahnsinns.

Dann war er da, der Tag der Beerdigung. Es zerriss mich innerlich. Solange Dylan und Bryan in der Nähe waren, ging es mir einigermaßen gut, weil ich stark sein musste. Die Kinder brauchten jetzt eine Mutter, auf die sie sich verlassen konnten. Die Lieder, die wir für die Beerdigung ausgesucht hatten, wurden von einer CD abgespielt. Sie blieb hängen und »Eiserner Steg« wurde in einer ungeplanten Wiederholungsschleife abgespielt. Einen Moment lang dachte ich, Mike sei unter uns und erlaube sich einen Scherz. So etwas hatte er immer mit Vorliebe gemacht. Ich weinte die ganze Zeit. Es war unfassbar für mich: Ich war gerade einmal zweiunddreißig Jahre alt und beerdigte meinen Mann, mit dem ich mein bisheriges halbes Leben verbracht hatte.

Dylan und Bryan liefen durch die Aussegnungshalle. Sie spielten, als wäre alles in Ordnung. Ich wünschte, es würde nicht so wehtun. Die Familie aus Italien war da und so viele Freunde, Bekannte und Arbeitskollegen. Unzählige Menschen, und sie alle waren wegen Mike gekommen. Recht bald wollten die beiden nicht mehr bleiben. Rick, mein Schwager, ging mit den Jungs hinaus. Wir hatten das im Vorfeld so besprochen.

Jetzt gab es kein Halten mehr für mich. Es raubte mir die Luft zum Atmen. Mein Bruder setzte sich neben mich und legte seine Hand auf meinen Bauch. »Atme in deinen Bauch«, flüsterte er mir immer wieder zu. Hätte er das nicht getan, ich wäre wohl ohnmächtig geworden.

Der Pfarrer hielt die Messe. Ich war berührt von seiner wunderschönen Rede für Mike. Es war, als hätte er ihn persönlich gut gekannt, dabei hatten die beiden nie ein Wort miteinander gewechselt. Mike war während der Vorbereitung auf die Kommunion immer mit Dylan in die Kirche gegangen. Ich glaubte, in diesem Moment eine Art Verbundenheit zwischen Mike und der Kirche zu spüren. Obwohl wir sonst nie in der Kirche waren, außer an Hochzeiten, Taufen und Beerdigungen, fühlte ich mich jetzt am richtigen Ort, um mich zu verabschieden. Ich war dankbar, dass Mike als Selbstmörder weder verurteilt noch ausgegrenzt wurde.

Nach der Messe wollte ich einfach nur weiter dasitzen und in Ruhe, allein, von meinem bisherigen Leben Abschied nehmen. *Bloß nicht aufstehen*, dachte ich mir noch, *bloß nicht*, und stand schließlich doch auf. Meine Oma stand vor mir. Zu spät, jetzt ging es los mit den Kondulenzwünschen. *Verdammt, das wollte ich nicht! Schnell wieder hinsetzen*, war mein einziger Gedanke.

Irgendwann war es durchgestanden und alle waren gegangen. Ich saß ganz allein mit Mike im Saal der Stille. Das tat gut. Plötzlich wurde mein Gesicht glühend heiß, als mir einfiel: Ich hatte vergessen, ihm Socken und Schuhe einzupacken – er lag barfuß im Sarg! Daraufhin hatte ich ein schlechtes Gewissen, wie konnte ich das nur vergessen! Es tat mir unendlich leid und im Stillen entschuldigte ich mich bei ihm. Ich wollte nicht gehen. Wenn ich ging, würde der Sarg abtransportiert werden. Dann wäre Mike weg, für immer!

Dennoch holten sie nach einer Zeit, die sie mir nicht verwehren wollten, seinen Sarg. Irgendjemand, ich weiß nicht mehr wer, sagte: »Isabell, komm, wir müssen gehen. Die Gäste warten.« Ach so, stimmt, die Gäste, natürlich. Wie konnte ich die vergessen? Das Leben ging schließlich weiter. Als wir langsam Richtung Auto gingen, fuhr der Leichenwagen vorbei. Nochmals ein Moment des Abschieds, endgültig. *Mach's gut, Mike. Ich werde dich nie vergessen, hörst du? Ich liebe dich.* Da fuhr meine Vergangenheit an mir vorbei, sie und meine gestorbene Zukunft, einfach so.

Der Leichenschmaus fand bei uns im Garten statt. Als wir beim Haus ankamen, warteten alle schon ungeduldig. Der ganz normale Wahnsinn. Alle waren da: Mikes Familie aus Italien war vollzählig angereist. Nur seine Großmutter konnte den Weg gesundheitsbedingt nicht mehr auf sich nehmen. Hier, bei seiner Familie, war Mike mir wieder ganz nah. *Wenn du das jetzt sehen könntest, Mike!* In Italien hatten wir immer die beste Zeit gehabt, dort war für Mike und mich Familie. In Monte San Giacomo hatten wir beide immer schöne Urlaube verbracht. Dort hatte er Kraft getankt. Wir wollten später, sobald Dylan und Bryan größer sein würden, nach Italien ziehen und dort eine Pension eröffnen. Daraus würde jetzt wohl nichts mehr werden. Mikes Onkel versicherte mir an dem Abend, ich sei immer herzlich willkommen und ich würde für ihn immer wie eine Tochter sein. Ich war zutiefst gerührt. Es tat so gut, dass seine Familie mich weiter im Herzen behielt, auch jetzt, wo er tot war.

Bei uns im Haus ging es in jener Zeit häufig zu wie im Taubenschlag. Jeder wollte seine Wissbegierde befriedigen und Informationen ergattern, um dann daraus seine ganz eigene Geschichte zu kreieren und weiterzuerzählen. Mein Gott, ich wusste gar nicht, wie viele Menschen wir tatsächlich gekannt hatten.

Joggen ist mein absolutes Lieblingshobby. Mitte Mai fand ich erstmals wieder Kraft, um zu joggen. Ok, ich nenne es mal so, in Wahrheit glich es eher einem verkrampften, schnellen Gehen. Meine Beine wollten noch lange nicht wieder so, wie ich es vorhatte. Warum sollte ich in Richtung Zukunft laufen? Ich wollte doch noch immer am liebsten zurück in mein Leben mit Mike. Vor wenigen Wochen war ich ohne Weiteres zehn Kilometer ohne Probleme gelaufen. Jetzt kam ich gerade einmal zweieinhalb Kilometer weit, und auch das nur mit Unterbrechungen. *Da sieht man wieder, wie sehr sich alles auch auf den Körper auswirkt, nicht nur auf die Psyche. Selbstüberschätzung ist auch eine Einschätzung. Der Hammer, es bringt einen im Ganzen zur Strecke. Wie auch immer, es ist ein Anfang.* Die Zukunft erschien mir bedrohlich ungewiss. Und ich wollte sie nicht.

Bislang hatte ich immer einen Plan. Hierfür hatte ich keinen gemacht!

Der erste Muttertag ohne Mike. Ich kann mich noch ganz genau an die Geburt von Dylan und an das Glänzen in Mikes Augen erinnern, als er seinen Sohn das erste Mal im Arm hielt. Stolz durchschnitt er die Nabelschnur. Am Tag darauf mein erster Muttertag. Mike schrieb, wie wunderbar ich war, wie toll ich die Geburt gemeistert hatte und wie sehr er mich und unseren kleinen Wurm liebe. Schließlich, dass er jetzt aufhören wolle, zu schreiben, weil er es kaum erwarten könne, endlich bei uns zu sein.

Ein weiteres Highlight für mein psychisches Wohlbefinden war der kurzfristige Besuch von Amber und Tom. Sie konnten zu Mikes Beerdigung nicht da sein und reisten später an, um in der schweren Zeit danach bei mir zu sein. Das tat so gut! Ich freute mich auf die beiden. Mike und ich hatten sie in unseren Flitterwochen kennengelernt. Zwischen Mike und Tom war es wohl blindes Verstehen vom ersten Moment an: Mike stand zufällig neben ihm und meinte, er würde heute die Pizza bezahlen. Damit war jedes Eis gebrochen. Sie brachen in Gelächter aus, klar, war ja auch alles »all inclusive«. An dem Tag begann also ihre und damit unsere Freundschaft. Amber und ich verstanden uns ebenfalls auf Anhieb. Leider war es ihr letzter Tag in Ägypten, was sehr schade war. Wir tauschten aber unsere Rufnummern und Adressen aus, wie man das eben so macht im Urlaub. Im Normalfall sieht man sich dann auch nie wieder.

Mit den beiden war es anders. Seit fünf Jahren kamen sie uns regelmäßig zweimal im Jahr besuchen. So wie heute, nur heute war einer nicht mehr dabei. Wir drei freuten uns riesig übereinander. Auch die Jungs mochten die beiden sehr gern. Wir haben ordentlich gegessen und getrunken, von allem zu viel, definitiv war es viel zu viel Wein. An diesem Abend lachten und weinten wir gemeinsam. Kein Wunder, wie sollte man auch begreifen, was mit Mike passiert war.

Es war bereits drei Uhr nachts. Jedes Mal, wenn die beiden da sind, vergeht die Zeit wie im Flug. Sie mussten jedoch morgens um sechs Uhr wieder los. Wir wollten also ins Bett. Da fiel mir ein, dass ich vergessen hatte, Dylan zu mir ins Bett zu legen. Tom und Amber schliefen normalerweise immer in seinem Zimmer, wenn sie hier waren. Sie meinten aber völlig entspannt, dass das egal wäre, sie würden einfach bei mir im Schlafzimmer übernachten. Man kann sich nicht ausmalen, wie lustig wir es hatten, es war einfach nur zum Schießen. Wir haben uns weggeschmissen vor lauter Lachen. Wie gern hätten wir Mike dabeigehabt!

Um sechs Uhr mussten Tom und Amber schließlich los. Schade, am liebsten wäre ich mit ihnen gefahren, einfach weg aus meiner neuen Realität, die mir so ganz und gar nicht gefiel – sehr verlockend. Keine Chance, denn die Kinder standen bereits auf der Matte und verlangten nach ihrem Frühstück. Im Anschluss daran ging es auf den Friedhof zu Mike. Ich besuchte ihn jeden Tag, weil ich seinen Tod noch immer nicht begreifen konnte, nicht begreifen wollte. Es war Entlastung und Belastung zugleich, dass der Friedhof nur ein paar Meter vom Kindergarten entfernt lag. Dort unterhielt ich mich stundenlang mit Mike, erzählte ihm von den beiden Jungs, von unserem Tag, von meinem Tag, meinen Gefühlen, meiner Wut darauf, dass er sich einfach so aus dem Staub gemacht hatte und wie sehr er mir und den Kindern fehlte.

Als ich an diesem Tag heimkam, war Samantha bereits da. Sie half mir mit dem ganzen Papierkram und bei den Behördengängen, das einfach echt zu viel für mich war. Ein Antrag nach dem anderen wollte bearbeitet werden. Ich musste in allen Belangen alles ausbreiten, jeden Cent nachweisen, egal um was es sich handelte, die wollten alles wissen! Heute fuhren Samantha und ich zur Krankenkasse.

Also manche Menschen stehen echt neben sich. Wir liefen in das Büro von Frau Mayer, die die Kunden von J bis M zu bearbeiten hatte. Ich sagte: »Guten Morgen, ich möchte Ihnen mitteilen, dass mein Mann verstorben ist.«

Sie antwortete: »Schön, Sie sind die Praktikantin? Wir warten schon auf Sie.«

»Wie bitte? Nein! Mein Mann ist am neunundzwanzigsten April verstorben. Ich bin hier, weil ich wissen möchte, wie das jetzt weitergeht, versicherungstechnisch, für meine Söhne und mich.«

»Ah, okay, wann ist Ihre Mutter verstorben? Dann brauche ich die Versicherungskarte Ihrer Mutter.«

Ich blickte Samantha fassungslos an und schüttelte den Kopf, sie auch. Samantha verdeutlichte: »Ihr Mann ist gestorben.«

Frau Mayer daraufhin: »Ja, wann hatte Ihre Mutter Geburtstag?«

Es war nicht zu fassen. Wo befand sich diese Frau gerade gedanklich? Wann würde sie von dort ins Hier und Jetzt zurückkommen? Schließlich schaltete sich ihre Kollegin aus dem Hintergrund ein: »Ihr MANN ist verstorben!« Endlich verstand sie. *Ein bisschen weniger Gel-Nägel und weniger Haare blondieren, dann würde es auch mit dem Zuhören besser klappen*, dachte ich mir dabei beiläufig. Gleich darauf meldete sich das schlechte Gewissen gegenüber allen Frauen auf der Welt, die genauso und meist zu Unrecht einfach nach ihrem Aussehen beurteilt werden. Der Gedanke half jedoch heute nicht.

Es ging mir nicht wirklich gut an diesem Tag. Der Notarzt hatte mir eine Karte geschrieben und immer, wenn es mir nicht gut ging, las ich sie. Sie war ein wahres Geschenk, persönlich, Trost spendend. Sie half mir unglaublich viel in dieser Zeit. Schlaf fand ich ja noch immer fast keinen. Wann immer ich meine Augen schloss, sah ich Mike vor mir hängen und seinen entsetzlichen Gesichtsausdruck, als ich ihn zu mir umdrehte. Zwei bis drei Stunden Schlaf waren in dieser Zeit verdammt viel, verdienten allerdings diesen Begriff nicht. An einem Stück durchschlafen? Fehlanzeige! Puzzleschlaf würde eher passen: Nicht am Stück, sondern hier mal ein paar Minuten Schlaf, dann in der nächsten Stunde wieder einige Minuten und so weiter. Am Ende gab das dann auch ein paar Stunden, aber eben zusammengesetzt aus einzelnen Puzzleteilen.

Zu Mittag ging ich mit Dylan und Bryan shoppen, sie bekamen neue Turnschuhe und Sandalen. Ein wenig ganz normaler Alltag als Mutter von zwei wunderbaren Jungs kehrte ein. Wenigstens das klappte an diesem Tag.

Nach meinem täglichen Besuch auf dem Friedhof traf ich mich an einem Donnerstagvormittag noch mit unserer sogenannten Damengruppe »Echt«, ein ganz netter Haufen, solange man dazu gehörte, und den neusten Klatsch und Tratsch hören wollte. Das Leben ging weiter, mit Geburten, Hochzeiten und Todesfällen. Beim nächsten Friedhofsbesuch erzählte ich Mike, dass seine Schwester und seine Tante manchmal bei diesem Damentreffen dabei waren und ich leider das Gefühl hatte, dass es sie nicht wirklich interessierte, wie es uns ging. Dass ich ihnen egal war, war eine Sache, dass ihnen allerdings ihre beiden Neffen scheinbar nicht am Herzen lagen, war für mich gewöhnungsbedürftig. Jeder geht mit Trauer anders um, aber diese gefühlte Distanz, dieses »du gehörst nicht mehr dazu«, das machte mir sehr zu schaffen. Das hatte ich bereits als Kind oft erlebt. Wann immer meine Mutter sich von ihrem Mann und ihren späteren Lebenspartnern getrennt hatte, brach der Kontakt zu ihnen auch für mich völlig ab. Das fühlte sich genauso an wie jetzt. Aber Gefühle sind Gefühle, vielleicht habe ich mich Mikes Familie gegenüber, ohne es zu merken, nicht richtig verhalten, sodass sie jetzt überhaupt keinen Kontakt mehr zu mir suchen.

Auch Charlotte habe ich an diesem Tag noch getroffen. Sie war zu jener Zeit eine enge Freundin, dachte ich zumindest. Aber ich glaube, wir hatten bereits damals nicht mehr die gleiche Wellenlänge, auch war jede von uns zu sehr mit eigenen Problemen beschäftigt. Während unseres Spaziergangs fing sie an, über ihre Probleme mit James zu reden. Ich sagte ehrlich, dass ich im Moment keinen Kopf dafür hatte und nichts mehr davon hören wollte. Mir fehlte schlicht die Kraft dafür. Und ganz ehrlich: Ich konnte mich einfach nicht motivieren, ihr für ihre Probleme zur Verfügung zu stehen. Gefühlte zwei Jahre lang trennte sie sich von James, reichte die Scheidung ein, zog sie wieder zurück und lebte wieder mit ihm zusammen, immer und immer wieder. Ich antwortete ihr schließlich, es wäre jedes Mal dasselbe und sie würden beide sowieso nichts an ihrer aktuellen Situation ändern. Schlussendlich sei es allein ihre Angelegenheit, wie sie damit umgehe. Meine Worte waren ihr wohl zu direkt und meine Ehrlichkeit diesbezüglich hatte Folgen, denn danach fand nicht mehr viel zwischen uns statt.

Das nicht vorhandene Mitgefühl mancher Zeitgenossen verblüffte mich. Als ich meiner damaligen Chefin meine Krankmeldung im Geschäft vorbeibrachte, bat sie mich kurz um ein Gespräch. Sie meinte, mir meine Fahrtkosten von der letzten Fortbildung von fünfundneunzig Euro nicht in voller Höhe erstatten zu wollen. Stattdessen sollte ich für fünfundvierzig Euro tanken und ihr den Beleg zur Erstattung vorlegen. In meiner Situation, um ein paar Euro zu streiten, erschien mir als ein absoluter Witz! Ich sah sie also an und fragte, ob das ihr Ernst sei, drehte mich um und ging wortlos hinaus. Die Tür zuzuknallen war mir in diesem Moment ein echtes Bedürfnis und ich erfüllte es mir – in Gedanken! Ich hätte kotzen können. Was für eine bescheuerte Gesellschaft!

Die schweren Tage waren in den ersten Monaten gang und gäbe. Mein Fokus lag vor allem auf den

Kindern. Ich wollte ihren Alltag weiterhin so gut es ging bewältigen, damit sie ihre Fixpunkte zur Orientierung hatten. Deshalb brachte ich Dylan regelmäßig nach dem Mittagessen zu seinem Schlagzeugunterricht. Ihm tat das gut und mir somit auch. Meist nutzte ich die Zeit bis zum Abholen, um einzukaufen.

Ich erinnere mich daran, dass ich an einem dieser schweren Tage während Bryans Mittagsschlaf auch eingeschlafen war. Das tat unendlich gut. Als ich wieder aufwachte, musste ich hemmungslos weinen. Mike fehlte mir unendlich. Ich hatte noch immer das Gefühl, dass alles nur ein Albtraum war, aus dem ich gleich wieder aufwachen würde.

Ich schrieb in meiner akuten Verzweiflung eine Nachricht an meine Freundin Donna: »Er fehlt mir so. Mike fehlt mir so sehr. Es ist nur ein Albtraum, oder? Er wird mich gleich in den Arm nehmen und mir versichern, dass alles wieder gut wird. Ich will meinen Mann, den Vater meiner Kinder zurück. Es tut so weh, ich wünschte, ich wäre tot!«

Donna schrieb sofort zurück: »Alles in der Welt würde ich dafür tun, das kannst du mir glauben. Er wollte gehen. Ich weiß, es schmerzt unvorstellbar. Aber du musst eines Tages seinen letzten Wunsch erfüllen und es akzeptieren. Und wenn wir dann auch irgendwann einmal oben sind, dann vermöbeln wir ihn zusammen. Doch bis dahin versuchst du wieder, glücklich zu werden. Irgendwann, irgendwie, irgendwo. Und jede Träne ist ein Teil des Weges. Die erste Träne ist Fassungslosigkeit, die zweite Träne ist Trauer, die dritte Träne sind Fragen, die vierte Träne bedeutet Zweifel, die fünfte Träne ist Wut, die sechste Träne ist Gleichgültigkeit und die siebte Träne ist ein verborgenes Lächeln und ein kleines Lächeln auf dem Weg in eine neue Zeit. Du bist nicht allein und wir begleiten dich auf diesem Weg. Ich nehme dir gedanklich einen großen Teil deiner Schmerzen und drück dich ganz fest. Kopf hoch, du schaffst das, mit uns allen zusammen. Für Dylan und Bryan – jetzt erst recht!«

Wow, ich war sprachlos und hatte vor allem völlig die Zeit vergessen. Das Telefon klingelte. Savana meldete sich und wir telefonierten ewig. Das war einfach heilsam, diese geballte Zuwendung meiner Freunde. Gute Freunde spüren es, wenn man verzweifelt ist oder Hilfe braucht. Savana hatte dieses Gespür besonders ausgeprägt.

Vor lauter Freundinnen-Fürsorge hätte ich beinahe vergessen, dass ich um sechs Uhr abends bei Ina und David sein sollte. Jetzt aber schnell: »Dylan und Bryan, ab ins Auto, wir müssen los!«. Wir kamen gerade noch rechtzeitig an. Alle anderen waren schon da und es war wie immer, ein gemütlicher und lustiger Abend. Nur einer fehlte schmerzlich: Mike! Ohne ihn fühlte ich mich einsam, egal wo ich war. Überall diese Erinnerungen, viele schöne. Es schmerzte so sehr. Wie immer versuchte ich, mir nichts anmerken zu lassen, denn ich wollte nicht wie ein rohes Ei behandelt werden. Die letzte Zeit war für mich, meine Jungs und unsere Freunde schwer genug. Sie gaben sich ohnehin so viel Mühe. Dass alles Bemühen keine Lücke schließen kann, die nur Mike hätte ausfüllen können, war klar.

Als wir das letzte Mal hier waren, hatte mein lieber Mann sich übergeben, weil die Männer wieder einmal Gas geben mussten. Bei Mike war irgendwann Schluss. Ich hatte ihm ein Handtuch ins Klo gebracht. Warum ein Handtuch? Die Männer waren im Whirlpool und er hatte vergessen, sich abzutrocknen.

Auf einmal spürte ich eine Hand auf meiner Schulter. Bryan war müde und wollte nach Hause. Ich wäre sehr gern noch dortgeblieben, denn seit ein paar Tagen schliefen wir wieder allein im Haus. Ehrlich gesagt hatte ich richtig Angst vor den einsamen Nächten ohne Mike. Ich schlief immer noch nicht gut, was kein Wunder war, und fragte mich, wann all die zu unpassendster Gelegenheit wiederkehrenden Bilder aus jener Nacht endlich aus meinem Kopf verschwinden würden. Wenn ich zwei, drei Stunden Schlaf bekam, war ich schon glücklich.

Morgen ist Vatertag, der erste Vatertag, an dem du nicht mehr da bist, Mike. Gleich morgens fuhr ich mit den Kindern auf den Friedhof. Sie hatten für ihren Vater Fotos von sich gemacht und Gedichte geschrieben. Dylan suchte ein Foto heraus, auf dem »Alles Gute zum Vatertag« stand. Wir befestigten es am Kreuz. Besonders hier am Grab stellte sich uns unermüdlich die Frage nach dem »Warum«. Er blieb uns die Antwort schuldig.

Wir hatten Alessio, Mikes Vater, versprochen, an jenem Tag nach Nebelburg kommen. Dort trafen wir uns, wie viele andere Male bereits zuvor, im Walfisch, um Pizza zu essen und auch, weil Mikes Vater dort arbeitete. Mir ging es zunächst ganz gut, doch mit einem Mal bekam ich wieder diese Beklemmung im Brustbereich. Ich konnte kaum noch atmen, wollte sofort gehen. Ich hielt es nicht mehr aus. Das Schlimmste für mich war, dass keiner der Anwesenden zu verstehen schien, warum ich jetzt gehen musste. Ich konnte verstehen, dass man nur schwer nachvollziehen kann, was man selbst nicht erlebt hatte. Es waren die vielen gemeinsamen Erinnerungen an diesen Ort. Und wenn ich Alessio ansah, sah ich Mike! Mikes Tante war eine sehr wichtige Bezugsperson für ihn, wir hatten immer viel Spaß zusammen und es tat weh, sie zu sehen, weil mich das überdeutlich spüren ließ, dass er nie mehr dabei sein würde. Das raubte mir den Atem. *Manchmal wäre ich so gern bei dir, Mike. Es ist alles so anstrengend. Was wäre gewesen, wenn ich ein paar*

Minuten früher nach Hause gekommen wäre? Hätte ich dich retten können? Der Notarzt hat gesagt, dass es für dich innerhalb weniger Minuten vorbei war. Die Hauptschlagader wird abgeschnürt und dann wird man bewusstlos und stirbt. Ende. Tod.

Was in der ersten Zeit so alles ansteht

Ich traf mich mit Mason, einem befreundeten Rechtsanwalt, und Brandon. Heute würde ich erfahren, wie es weitergehen sollte. Da schließt man eine Risiko-Lebensversicherung ab und diese zahlt dann nicht. Warum? Ironie des Schicksals, denn Mike hatte sich vierzehn Tage zu früh für den Selbstmord entschieden. Was für eine Scheiße! Deswegen fand also das Treffen mit den beiden statt. Mason wollte vorab abklären, welche Möglichkeiten ich hätte, um eventuell doch noch einen Teil des Geldes zu bekommen. Leider musste ich bei diesem Gespräch erfahren, dass ich keine Chance hatte, etwas davon zu erhalten.

Ich war am Boden zerstört. Zum menschlichen Verlust blühte uns jetzt auch noch der Verlust unseres mit so viel Liebe renovierten Hauses, in dem wir gemeinsam unsere Kinder großziehen wollten.

Weil Mike nicht in Therapie war, ich keinen Obduktionsbericht vorweisen konnte und das Todesdatum – wie gesagt – auch noch zu früh war, würde die Versicherung keinen Cent zahlen. Wie meinte der Versicherungsvertreter? Ich könnte ja versuchen, das Geld einzuklagen, doch hätten sie den längeren Atem. Bei Gelegenheit werde ich mich totlachen. Es brachte nichts, mich zu ärgern oder in eine weitere Welle der Verzweiflung zu rudern. Ich durfte mir nichts vormachen, ich wusste ja, dass ich das Haus verkaufen musste. Mir blieb nichts anderes übrig. Was für eine verdammte Situation! Doch nichts im Leben passiert grundlos, richtig? Positiv denken war angesagt, irgendwann würde sicher alles besser werden. Ich würde einfach trotzdem bestimmte Formulare und die angeforderten Unterlagen versenden, an diese und jene Stellen, immer in der Hoffnung, dass sich irgendwie und irgendwo Geld auftreiben ließe. »Du warst ohnehin immer die Stärkere von euch beiden, du wirst das schaffen«, baute mich Mason auf. Stärker? So habe ich es nie gesehen und nach dieser Hiobsbotschaft glich ich eher einem kleinen großen Häufchen Elend. Ok, ein Lichtblick bleibt: Von ganz unten kann es ja nur noch bergauf gehen.

An einem der vielen endlos scheinenden, einsamen Abende war Abigail bei uns. Sie half mir, die Sterbekarten anzufertigen. Damit sind diese Erinnerungskarten gemeint, die jeder bekommt, wenn einer stirbt: mit einem schönen Spruch, den Daten und einem schönen Foto des Verstorbenen zu Lebzeiten darauf. Ich fand es total lieb von ihr, dass sie mir dabei hilft. Das war für mich nicht selbstverständlich. Abigail ist die Ex-Frau von Luke. Mit Luke und Massimo würde ich diesen Sommer übrigens noch nach Kroatien fahren. Ein bisschen Urlaub, um auf andere Gedanken zu kommen, würde mir sicherlich guttun, wie ich hoffte.

Abigail und ich haben über einiges geredet und dadurch auch das ein oder andere Missverständnis zwischen uns geklärt. Wie Frauen eben so sind: Jede hat ihre eigene Wahrnehmung von bestimmten Situationen. Der Rest der Menschheit übrigens auch. Nach unserem Gespräch verstand ich endlich, dass es nichts mit mir zu tun gehabt hatte, dass sie keine Zeit mehr für mich übrighatte, während sie sich von Luke trennte. Sie hatte mit mir nicht darüber gesprochen, bis es vorbei war. Unsere Kinder gingen in denselben Kindergarten und haben sich immer gut verstanden. Dylan wollte sich weiterhin mit Sascha, Lion oder Daniel verabreden, doch Abigail hatte mir andauernd abgesagt. Daher dachte ich mit der Zeit, dass sie ein Problem mit mir hätte – typisch Frau eben.

Sie erklärte mir jetzt, dass sie damals mitten in ihrer Trennung gesteckt und darum einfach keinen Kopf für Verabredungen gehabt hatte. Außerdem hatte Luke, um dem Ganzen noch die Krone aufzusetzen, ihr mitgeteilt, dass ich seine beste Freundin wäre. Absolut verständlich, dass Abigail mir gegenüber eher vorsichtig war. Was mich angeht: Herrlich! Wie einfach es doch ist, aus einer Mücke einen Elefanten zu machen. Es war tatsächlich eine Frage der Sichtweise und in diesem Fall hatte ich mir den Elefanten höchstselbst erschaffen.

Die Zeit mit ihr verging wie im Flug und Abigail musste schließlich gehen. Wunderbar, nun war ich allein und es ging wieder los. Sobald ich für mich war, die Kinder schon schliefen und es dunkel wurde, bekam ich Panikattacken. Ich hatte jedes Mal solche Angst vor der Nacht, lag stundenlang wach, las immer so lange, bis mir schlussendlich die Augen zufielen.

Zum Glück war uns hin und wieder auch ein Tapetenwechsel vergönnt. Am nächsten Morgen machten wir uns auf nach Stuttgart, zur Familie meines Bruders. Jacob hatte Geburtstag. Die Feier fand in einer Soccer-Halle in Fellbach statt. Dylan konnte es kaum abwarten. Für ihn war jetzt jede Ablenkung willkommen. Für mich ebenso, sogar die zweistündige Autofahrt dorthin tat gut. Es gibt nichts Schöneres als strahlende Kinderaugen und Fußball, durfte ich feststellen. Dylan war überglücklich und es war schön für mich, ihn so strahlen zu sehen. Bryan war noch ein bisschen zu klein, um mitspielen zu können. Wir beide saßen deshalb draußen mit Liam und Olivia und hatten eine nette Unterhaltung. Ich fühlte mich hier richtig wohl. Egal wie mein Bruder manchmal sein konnte, Familie war Familie! Liam sagte immer, was er dachte, genau wie ich. Seien wir doch mal ehrlich: Wir Menschen wollen manchmal eher belogen werden, als eine schmerzhafte Wahrheit zu hören. Ich weiß noch genau, was Liam am Tag von Mikes Beerdigung zu mir gesagt hatte. Er hat mich angeschaut, meinen Kopf zwischen seinen Händen gehalten, mir tief in die Augen gesehen und gemeint: »Wie lang hättest du das noch durchgehalten, bis du selbst gestorben wärst? Du hast doch nie dein Leben gelebt.« Das war hart, dennoch hatte er auf eine gewisse Art und Weise recht, Schmerz hin oder her. Mir persönlich ist es lieber, wenn einer ehrlich ist und sagt, was er denkt, auch wenn's weh tut. Seine aufrichtigen Worte ermöglichten mir, etwas zu verändern, mir über die Vergangenheit und die Zukunft neu Gedanken zu machen. Dieser Tag und der Ausflug zur Familie in eine andere Umgebung taten uns dreien wahnsinnig gut. Ich wünschte mir, dass noch viele solcher Tage folgen würden. Ja genau, es waren diese kleinen Dinge, die mich weiterbringen würden. Ein Schritt nach dem anderen.

Sehr viele Freunde, Bekannte, Arbeitskollegen und Familienmitglieder hatten uns so viel versprochen, und nur die wenigsten waren am Ende wirklich für uns da. Wenn man sich ein weißes Blatt Papier vorstellt, auf dem jeder seinen Platz hat und einer schließlich diesen Platz für immer verlässt, in diesem Fall Mike, dann fangen alle anderen an, sich zu bewegen, um das Gleichgewicht im Familiensystem wiederherzustellen. Nichts anderes mache ich seit Mikes Tod: Ich suche einen neuen Platz für mich und meine Kinder, fange an zu laufen, auf der Suche nach einem neuen Gleichgewicht.

Die Welt dreht sich weiter

Spulen wir nochmal zurück: Elf Tage nach Mikes Tod hatte Dylan Geburtstag. Savana rief mich an und sagte: »Dylan hat doch am 10. Mai Geburtstag, richtig? Du organisierst die Kinder, Brandon und ich machen den Rest.«

Ich war überwältigt. Wir gingen zum Sea Side Bowling, danach grillten wir bei ihnen. Brandon hatte in der Zwischenzeit zu Hause alles vorbereitet. Es gab Burger, das war einfach perfekt. Dylan war so glücklich! Er erhielt das denkbar wundervollste Geburtstagsgeschenk nach diesem schrecklichen Verlust. Ihm das zu bieten, wäre mir in dieser Zeit gar nicht möglich gewesen. Er spricht heute noch von der tollen Party.

Wann auch immer ich das Gefühl hatte, ganz allein auf dieser Welt zu sein, waren Brandon und Savana für mich da. Sie rückten mir auch den Kopf zurecht, wenn ich wieder einmal das Gefühl hatte, die ganze Welt hätte sich gegen mich verschworen. Die beiden waren Freunde fürs Leben. Auch als ich das Haus verkaufen musste, lag es nahe, dass Brandon das übernahm.

In der ersten Woche nach Mikes Beerdigung rief mich Olivia an. Sie wollte wissen, wo ihr Vater war.

William war ein guter Freund von Mike gewesen, die beiden hatten zusammen ihre Ausbildung absolviert.

Olivias Vater war auch bei Mikes Beerdigung dabei. Danach war er zu mir herübergekommen und hatte mich so fest er konnte in den Arm genommen. Seine Umarmung fühlte sich seltsam an, wie ein Abschied. Oder war ich überempfindsam? Ich sah ihn an und sagte aus einem Impuls heraus, er solle gut auf sich aufpassen und keinen Blödsinn anstellen. Aus einem unerklärlichen Gefühl heraus hatte ich plötzlich Angst, dass er sich etwas antun könnte, vor allem jetzt, nachdem Mike sich das Leben genommen hatte. William versprach mir, dass er nichts dergleichen tun würde. Er sagte außerdem, er wäre immer für uns da, was er mir bereits unmittelbar nach Mikes Tod in einer SMS mitgeteilt hatte. Er hatte es versprochen! Und nun war er seit fünf Tagen spurlos verschwunden, keiner wusste, wo er sich aufhielt. Es war schrecklich für seine Familie, denn William hatte bereits zwei Selbstmordversuche hinter sich.

Was sollte ich Olivia da noch Beruhigendes am Telefon sagen? Wir vereinbarten, dass sie sich bei mir melden würde, sobald sie etwas von ihm hörte.

Das letzte Telefonat mit ihr war bereits ungefähr eine Woche her. Ich hatte seit Tagen ein merkwürdiges Gefühl in der Magengegend. Also rief ich bei ihnen zuhause an. Am anderen Ende meldete sich eine Frau Jäger. Erst dachte ich, dass ich mich verwählt hätte, und fragte schließlich, ob ich hier richtig wäre. »Ja, das sind Sie«, bekam ich zur Antwort. Und mit einem Schlag wurde mir klar: William hatte seinem Leben ein Ende gesetzt!

Olivia und ihre Mutter hatten mich nicht angerufen, weil sie mich nicht mit ihrem Verlust belasten wollten. Ich hatte ja gerade erst Mike verloren. William hatte sich am vierzehnten Mai das Leben genommen, dem Tag, den ich mit den Jungs beim Geburtstag meines Neffen verbracht hatte. Er war nach Kärnten gefahren und hatte sich dort in eine Schlucht hinuntergestürzt. Er lag dort ein oder zwei Tage, bis ihn jemand gefunden hatte.

Was zur Hölle war nur los? Ein paar Monate später nahm sich ein weiterer Ex-Kollege von Mike das Leben, ebenso ein Meister aus einer anderen Abteilung. Kann mir bitte jemand erklären, weshalb sich vier Mitarbeiter aus einer Firma innerhalb kürzester Zeit das Leben nahmen? Das war doch bei Gott nicht normal, oder?

Auf jeden Fall wurde mir unwiderruflich und schmerzhaft klar, dass man niemanden aufhalten kann, der tatsächlich nicht mehr leben will. Gedankliches Memo an mich: Wenn einer gehen will, dann geht er auch. Danke für diese Erkenntnis! Sie war hart und ich hätte liebend gern darauf verzichtet!

Meine Freunde rieten mir ab, zu Williams Beerdigung zu gehen, da es zu hart für mich sein könnte. Außerdem sei es noch zu früh, zumal ich gerade erst vierzehn Tage zuvor meinen Mann beerdigt hatte. Natürlich würde ich zu Williams Beerdigung gehen, das war ich ihm schuldig! Ja, ich wusste, dass meine Freunde es gut mit mir meinten, dennoch war ich der Meinung, dass ich mit meinen zweiunddreißig Jahren selbst für mich entscheiden konnte, was ich bereit war, mir zuzumuten.

William war ein enger und guter Freund von mir und Mike gewesen. Wir hatten Einiges gemeinsam erlebt. Sogar auf ihn war Mike eifersüchtig. Aber auf wen war er das zu Lebzeiten nicht? Brandon, Ian, Luke – jeder andere Mann, mit dem ich mich gut verstand, war für ihn Grund zur Eifersucht.

Ich bat also Olivias Mutter Ginger, mir Bescheid zu geben, wann die Beerdigung stattfinden würde. Ich wollte nämlich ein paar Tage zu Annabell nach Wellenstadt fahren und hoffte inständig, dass alles terminlich vereinbar war.

Zum Glück kam es dann auch so. Die Beerdigung fand erst statt, nachdem wir zurück waren. Sogar Annabell war extra deswegen aus Wellenstadt angereist. Ich war froh, dass sie da war. Sie und William hatten sich ebenfalls gekannt. Olivia und Annabells Tochter Aniston waren seit dem Kindergarten befreundet.

Die Beerdigung war echt hart für mich, alles kam wieder hoch. Ich weinte die ganze Zeit. Die Trauerrede des Pfarrers hatte es echt in sich und es war sehr emotional, wie er die Freundschaft zwischen William und Mike beschrieb. Ich hatte das Gefühl, ich sei auf einer Doppel-Beerdigung, so oft wie Mikes Name fiel.

Ich kann mich noch gut daran erinnern, als William und Ginger heirateten. Es war keine typische, gediegene Hochzeitsfeier, wie man das üblicherweise gewohnt war, sondern eine bunte, fröhliche Party, auf der nichts nach Plan lief: Es ging chaotisch zu, bunt und doch einmalig schön. Die Ehe hatte jedoch nicht lange gehalten. Sie hatten sich getrennt, als Olivia kaum ein Jahr alt war. William hatte anschließend Pia kennengelernt und wie das so ist, kam mit dem Auszug auch die Trennung von seiner Tochter Olivia. Mike hatte Bescheid gewusst. Ich erinnere mich noch an ein Telefonat mit Ginger, in dem sie mich gefragt hatte, ob William bei uns sei. Natürlich wusste ich nicht, wo er war. Nachdem ich aufgelegt hatte, fragte ich Mike nach ihm, doch er grinste nur wortlos. Da wurde mir klar, dass mein lieber Mann Bescheid wusste, was im Busch war.

Warum trennt man sich nicht, bevor man eine neue Beziehung eingeht? Mike erzählte mir später, dass William Pia kennengelernt hatte. Die Beziehung mit ihr hielt knapp vier Jahre. Nach dieser Trennung hatte William seinen ersten Suizidversuch unternommen. Dann kam der zweite, und der dritte endete letztendlich tödlich. Wie sagt man so schön: Aller guten Dinge sind drei. Wie makaber!

Ich stelle mir das einfach schrecklich vor: Du wartest auf deinen Vater oder deinen Ex-Partner, weil er die Tochter abholen soll, und dann taucht er nicht auf und meldet sich auch nicht. Wie würde es euch damit gehen? Ich hätte Angst, dass er einen neuen Versuch gewagt hat, sich das Leben zu nehmen.

Bleibt die makabrere Frage, was besser ist: Ein Mann, der es zweimal versucht und beide Male knapp überlebt, oder ein Mann, der es sogar ausspricht und bereits beim ersten Mal erfolgreich ist?

William wurde in Friedrichshafen beigesetzt. Es tat gut dabei zu sein, allerdings kostete es mich auch viel Kraft. Sehen wir das Ganze als Teil meines eigenen Verarbeitungsprozesses.

Gedankenkarussell

Am schlimmsten sind die eigenen, sich ständig im Kreis drehenden Gedanken, wenn ein geliebter Mensch sich das Leben genommen hat. Tote reden nicht mehr mit dir. Du kannst sie nicht nach dem »Warum« fragen. Ich fragte mich immer wieder: Hätte ich es womöglich verhindern können? Habe ich zu wenig auf ihn geachtet? Hätte ich seine Aussage vor zwei Jahren ernster nehmen sollen, als er meinte, er würde sich umbringen, wenn er genug Mut dazu hätte? Warum habe ich es nicht schon früher bemerkt? Wäre ich an jenem Abend mit ihm heimgegangen, würde er dann heute noch leben? Oder hätte er mich womöglich mit in den Tod genommen? Hätte er es an einem anderen Tag getan? Warum hat er mir nichts gesagt? Warum dachte er, dass wir ohne ihn besser dran wären? Habe ich ihn in die Enge getrieben, als ich ihm sagte: »Ich kann nicht mehr und ich werde dich verlassen, falls du dir keine Hilfe holst?« Fragen über Fragen. In meinem Kopf fuhren die Gedanken Karussell auf der Suche nach Antworten, und das tagein tagaus.

Mittlerweile akzeptiere ich, dass ich ihn nicht hätte retten können. Ich hatte wohl wahrgenommen, dass er sich veränderte. Niemals jedoch hätte ich vermutet, dass er zu so etwas fähig sein würde. Heute verstehe ich, dass man, egal wie lange man einen Menschen kennt, nur das von ihm wahrnimmt, was er bereit ist zu zeigen und zu geben.

Wir hatten viele schöne Jahre, doch ab einem Alter von zwanzig Jahren begannen seine Winterdepressionen. Im Frühjahr und im Sommer war er wieder der Alte. Es wurde mit den Jahren schleichend schlimmer. Mit meinen knapp zweiunddreißig Jahren stand ich schließlich vor einem Mann, der sich immer mehr zurückgezogen hatte. Nichts konnten die Kinder und ich mehr richtig machen. An allem gab es etwas auszusetzen.

Die depressive Phase in seinem letzten Winter schien nicht enden zu wollen. Im Gegenteil: Er war seiner Tante immer ähnlicher geworden, die bereits seit Jahren unter Depressionen litt. Ich hatte keine Ahnung von Depressionen und anderen, psychischen Erkrankungen. Er glich für mich einem Süchtigen, der nichts mehr von außen an sich heranließ und ausschließlich seiner Sucht nach Abgrenzung und Ruhe gehorchte. Nach der Arbeit lag er für den Rest des Tages auf der Couch. An Familienausflügen, Spaziergängen oder Spielen wollte er sich nicht mehr beteiligen. Er war völlig antriebslos, solange wir zu Hause allein waren. Kaum waren jedoch andere Menschen in unserer Nähe, drehte er auf und wurde für ein paar Stunden der fröhliche Mike, so wie ihn jeder kannte. Und er wollte partout keine Hilfe annehmen, weder ich noch die Kinder konnten ihn erreichen. Damals verstand ich es einfach nicht und gab mir nach seinem Tod die Schuld an dieser Entwicklung. Was hatte ich bloß falsch gemacht? Was hätte ich anders machen müssen, dass es ihm besser geht?

Das Schlimmste danach im Leben ist nicht einmal, dass andere über einen reden. Das tun sie sowieso, vielleicht, weil sie sich dann nicht mit sich und ihren eigenen Problemen auseinanderzusetzen brauchen. Das Schlimmste ist das Weitermachen, sich neuen Herausforderungen stellen zu müssen, allein mit zwei Kindern zu sein. Jeder hat seine eigene Geschichte und diese hier ist meine, und zwar mit meiner Perspektive auf die Dinge, die ich mit meinen beiden Kindern bis jetzt erlebt und auch durchlebt habe.

Das Traurigste an der ganzen Sache ist für mich: Ich sehe, wie mein achtjähriges Kind beinahe zerbricht, wenn die Menschen Geschichten erzählen, die sie aus verschiedensten Gründen brauchen, weil sie denken, dass sie dann besser klarkommen mit sich und ihrer Welt. Oft passiert das auf dem Rücken anderer und in unserem Fall merkten sie wohl gar nicht, wie sie mit ihren Geschichten einer kleinen Kinderseele Leid zufügten, das sie zu zerstören drohte.

Es ist ein niederschmetterndes Gefühl, wenn mein Kind vor mir steht und weint, weil andere Kinder sagen: »Kein Wunder, dass dein Vater sich umgebracht hat, bei so einem Sohn«, oder: »Dein Vater war Alkoholiker, er war drogenabhängig, er hat Steuern hinterzogen.« Oh, ich könnte an dieser Stelle noch so einiges Gesagte anführen. Vieles davon ist beschämend und verletzend. Woher kommt nur diese Boshaftigkeit?

In der Anfangszeit wäre es wesentlich hilfreicher gewesen, sich zu überlegen, wie man uns helfen könnte. Gottseidank gab es solche Menschen. Es kam Unterstützung von Menschen, von denen ich es am allerwenigsten erwartet hätte. Menschen, die immer da waren, auch noch lange nach dem ganzen Chaos.

Mike war jetzt seit zwei Jahren nicht mehr da, und ich hatte in dieser Zeit unendlich viel über mich selbst gelernt. Ich bin über mich hinausgewachsen und habe das Gefühl, dass es genau so richtig ist, wie es im Moment ist. Für den einen oder anderen mag mein Weg und meine Veränderung seit Mikes Tod nicht verständlich gewesen sein und sicherlich habe ich das eine oder andere Mal über das Ziel hinausgeschossen. Jedoch habe ich in dieser Zeit erfahren, dass richtige Freunde zu einem halten und einen nicht allein lassen, wenn man sie wirklich braucht. Man muss sie auch nicht jeden Tag sehen oder hören, um zu wissen, dass sie da sind. Auf Brandon und Savana zum Beispiel war Verlass, wann immer die Welt gerade für mich unterzugehen schien.

Heute bin ich dankbar und denke, alles hat den richtigen Weg genommen. Es gab Tage, an denen ich nicht mehr weiterwusste. Es ging trotzdem immer wieder eine Tür auf. Ich bin jenen Menschen sehr dankbar, die mich ein Stück begleitet haben, und vor allem denjenigen, die immer noch da sind, weil sie so verlässlich sind, dass man sie einfach nicht loswird.

Ein kleiner Erfolg in dieser Zeit war für mich, endlich meine Höhenangst besiegt zu haben. Ich startete als Flugbegleiterin bei Zeppelin, was tierisch viel Spaß machte, trotz anfänglich noch bestehender Höhenangst. Für mich galt, nur wer seine Ängste besiegt, ist stark genug, seinen eigenen Weg zu gehen. Und in den letzten Jahren lief ich immer wieder hoch auf diesen einen speziellen Turm, den ich Stück für Stück joggend für mich eroberte. Er ist dem Pariser Eiffelturm nachempfunden. Oder ist es umgekehrt? Keine Ahnung. Er hat eine Höhe von dreißig Metern. Eines Tages stand ich ganz oben.

Ich ich dachte an Mike. Er hatte immer gesagt: »Wenn du es eines Tages schaffst, deine Höhenangst zu besiegen, heiraten wir.« Na, zum Glück hatten wir bereits im Jahr 2007 geheiratet. Gut so, denn 2012 nahm er sich das Leben und erst 2013 schaffte ich es endlich, meine Höhenangst endgültig zu besiegen. Ich kenne übrigens keinen Verstorbenen, der aus dem Reich der Toten zurückgekommen wäre, um sein Versprechen posthum einzulösen.

Von dort oben hat man eine traumhafte Rundumsicht über den See und die Alpen. Es war für mich ein riesiger Erfolg, endlich ohne Angst dort stehen zu können! In diesem Moment fühlte es sich so an, als könnte ich jetzt alles hinbekommen, wenn ich an mich selbst glaubte und immer einen Fuß vor den anderen setzte.

Ich begann, mich meiner Vergangenheit zu stellen, auch wenn es noch so weh tat. Und sie holte mich überall ein. Bryan war gerade in dem Alter, in dem es Zeit wurde, schwimmen zu lernen. Er durfte seinen Schwimmkurs in Fischbach machen, wie bereits zuvor sein Bruder Dylan. Zu Mikes Zeiten waren wir immer zu viert beim Schwimmen gewesen, jetzt waren wir nur noch zu dritt.

Wenige Monate nach Mikes Freitod fand ich meine Therapeutin, Jenny aus Ravensburg. Einige Jahre begleitete sie mich bedarfsorientiert durch meine Trauer und Ängste. Mein innerer Weg führte mich durch viele Tiefen der Vergangenheit. Ich lernte, zu integrieren, was geschehen ist, mich erfolgreich gegen Verletzungen abzugrenzen und meinen Weg zu finden wie es weitergehen soll. Bereits nach der zweiten Therapiestunde konnte ich nachts erstmals wieder sieben Stunden am Stück durchschlafen. Nach und nach entstand in mir ein zartes Gefühl dafür, dass die Zukunft für mich und meine Kinder mit der Zeit wieder heller und fröhlicher werden kann und auch darf.

Rückkehr ins Black Lodge und sonstige Verstrickungen

Frei nach meinem Motto aus der Jugendzeit: »Konfrontiere dich mit deinen Ängsten, dann wird's schon werden«, erlebte ich gerade zahlreiche Konfrontationen und spürte ebenso die auslösenden Ängste dahinter.

Hier nur ein kleiner Ausschnitt daraus: Massimo besorgte Karten für uns beide und zwei meiner Freundinnen für die Black Lodge Beach Party. Ich hatte jedoch überhaupt keine Lust hinzugehen. Was war ich angespannt bei dem Gedanken! Es hat mich sehr viel Kraft, Energie und Überwindung gekostet, an den Ort zurückzukehren, an dem ich den letzten gemeinsamen Abend mit Mike verbracht hatte. Das Problem mit Trauer und persönlichem Verlust ist: Während andere längst mit dem Thema abgeschlossen haben befindet sich der Trauernde situationsbedingt wieder mitten darin. Es standen drei Stimmen gegen meine. Also beschloss ich halbherzig, mich meiner, zeitweise immer noch schmerzhaften Vergangenheit, zu stellen. Ich stand mir nur selbst im Weg, wenn ich es nicht tat, redete ich mir ein. Beim Gedanken an die

Party und das Drumherum wurde ich ziemlich angespannt. Ein Teil von mir wollte nicht an den Ort zurück, an dem ich Mike das letzte Mal lebend gesehen hatte. Die anderen bekamen meine Anspannung ungefiltert ab, obwohl sie es nur gut mit mir meinten. Ich sei undankbar. War ich das? Musste ich mitmachen, nur weil die anderen dachten, sie täten mir etwas Gutes mit einem unterhaltsamen Abend und nur, um von ihnen weiterhin gemocht und geliebt zu werden?

In mir herrschten Chaos und Stress, begleitet von Ohnmacht und Verzweiflung. Alles in den Tagen zuvor war mir einfach zu viel und je näher der Abend rückte, desto unausstehlicher wurde ich für mich und die anderen.

Insbesondere Massimo bestand darauf, dass ich sein Geschenk würdigte und mitkam. Bereits in den Tagen zuvor belehrte er mich, wie ich mich an dem Abend zu verhalten hätte. Wir waren seit geraumer Zeit enger befreundet und ihm war stets wichtig, dass mein Auftreten tadellos und meine Kleidung adrett waren. Ich sei eine Turnschuh-Frau, keine High Heels-Frau, wiederholte er gebetsmühlenartig. Im Nachhinein gestatte ich mir den Gedanken, dass diese Empfehlung möglicherweise nur darauf abzielte, dass ich keinesfalls über sein italienisches Gardemaß von 1,71 Metern hinausragte. Vielleicht aber brauchte er einfach nur eine Vorzeigefreundin.

Um diesem Status stets gerecht zu werden, sollte ich die Auflagen nach seinem Geschmack erfüllen.

Ähnlich war es mir mit seiner Idee gegangen, zusammenzuziehen: Bei dem Gedanken hatte alles in mir Nein geschrien, dennoch ließ ich mich dazu überreden. Das mag lächerlich klingen, wenn man das Ganze hier so liest. Schließlich hatte ich einen Mund zum Reden und hätte meiner inneren Abwehr unbedingt Ausdruck verleihen sollen. Doch das Gefühl, einfach nicht allein sein zu wollen, war leider stärker gewesen. Wie erbärmlich!

Auf jeden Fall erholte ich mich erstmal auf dem Balkon und atmete tief die frische Abendluft ein, nachdem Massimo sich wegen meines Verhaltens, Outfits und sonstiger Angelegenheiten korrigierend zu Wort gemeldet hatte. Wie sollte mich auch jemand verstehen, wenn ich dieses ganze Chaos in mir noch nicht einmal selbst verstand? Und wie sollte sich jemand in mich hineinversetzen können, wenn er nicht das erlebt hatte, was mir widerfahren ist? Das wäre zugegebenermaßen ein bisschen viel verlangt.

Ich war in dem Moment überfordert, hatte es satt und wusste nicht, wie ich all das Chaos in mir sortieren sollte. Wurde es nicht langsam Zeit, endlich mein eigenes Leben zu leben und nicht das der anderen? Das sollten wir doch alle tun. Und genau das hat eben auch Auswirkungen auf Beziehungen und Partnerschaften. Wenn man einen Menschen, sprich einen Partner, kennenlernt: Wieso versuchen dann manche Menschen, diesen Partner so zu formen, wie sie ihn gerne hätten, anstatt sich auf Anhieb das wirklich passende Gegenstück zu suchen? Einen anderen Menschen ändern zu wollen ist kein Weg und keine Lösung, zumal jeder Mensch sich nur selbst verändern kann. Gehört dazu also nicht ein wenig Freiwilligkeit? Das ständige Herumzerren an der Art und Weise des anderen ist doch ein Hauptgrund, warum Beziehungen nicht wirklich Bestand haben, oder etwa nicht? Es kann nur gut gehen, wenn jeder Mensch er selbst sein kann und darf und man einander leben lässt. Wenn es schließlich auch noch zwischenmenschlich passt, dann entsteht daraus eine Beziehung mit Wertschätzung.

Ich konnte es echt nicht mehr hören: Tu dies und tu das. Ich war jetzt dreiunddreißig Jahre alt und überzeugt davon, dass ich ganz gut allein in der Lage war, zu entscheiden, was ich zu welcher Gelegenheit anziehen konnte und wie ich mich zu verhalten hatte.

Zurück also zu diesem besagten Abend und meinem Abendoutfit, das nun zu zweit besprochen und von ihm allein entschieden worden war. Als ich Bryan und Dylan zu den Carels gebracht hatte, sind wir vier Erwachsenen zusammen noch Pizza essen gegangen. Wir waren beim Italiener um die Ecke, der nach rund zwei Monaten Umbau an diesem Tag seine Neueröffnung feierte. Dort herrschte Chaos pur! Wir warteten eineinhalb Stunden auf einen Salat und wären gefühlt fast verhungert.

Nach dem Essen ging es dann weiter zur Beach Party. Wir sind genau denselben Weg entlanggegangen, den ich mit Mike in unserer letzten gemeinsamen Nacht bestritt. Mein Körper fühlte sich mit jedem Schritt zunehmend taub und schwer an, innerlich war mir heiß und kalt zugleich. Ehrlich ich wollte diesen Weg nicht gehen, und schon gar nicht dorthin! Ja, mein Verstand weiß, dass die Nacht von damals vorbei ist. Würde das bitte mal jemand auch meinem Unterbewusstsein und meinem Körper klarmachen?!

Schließlich waren wir dort. Natürlich waren all diejenigen auch da, die ich nicht wirklich sehen wollte, weil sie mich an meine gemeinsame Zeit mit Mike und die Nacht seines Todes erinnerten, aber das hatte ich bereits vorher gewusst. Nach zwei Cuba Libre ging es mir dann im Kopf blendend, dennoch hat sich mein Körper an diesem Abend spürbar unwohl gefühlt. »Augen zu und durch« motivierte ich mich wiederholt. Natürlich machte es mir etwas aus, als ich schließlich bemerkte, dass ich beobachtet wurde. Ich wurde unsicher und wütend. Die Krönung des Abends kam ja noch, denn als Charlotte und James gingen, haben sie mich glatt angerempelt. Was war bloß mit den beiden los? Sie waren in jener Musiknacht mit Mike und mir zusammen, was damals schon nicht sonderlich zur guten Laune beitrug. Wer verbringt schon gern Zeit mit Menschen, die gerade im Trennungszwist festhängen und ihre Umgebung ungefiltert an ihrer schlechten Laune teilhaben lassen? Nun hatte ich allein das Vergnügen mit ihnen. Heute, rund eineinhalb Jahre später waren sie immer noch nicht geschieden. Die zwei waren eine Nummer für sich, wenn es darum ging, ihre Konflikte auf die Beziehungen befreundeter Paare zu projizieren und ihnen Streitereien anzudichten, die es schlichtweg nicht gab. Alles nur, um von sich und ihrem eigenen Leben abzulenken, war ich nach wie vor der Meinung.

Wie heißt es so schön: Eines Tages bekommt jeder das, was er verdient, und jeder bekommt so viel, wie er tragen oder ertragen kann. Manchmal könnte ich echt kotzen. Warum haben die beiden sich noch, obwohl sie sich ständig zanken, und mein Mike bringt sich um anstatt sich mit mir auseinanderzusetzen!

Ich erinnerte mich an die alten Anklagen in der Zeit nach seinem Tod. Es hieß, Mike habe Drogen genommen, ich wäre ständig fremdgegangen und so weiter. Solange er noch lebte, hätte niemand gewagt, solche Lügen über uns zu erzählen. Seit Mikes Tod war ich anscheinend die Hauptdarstellerin in einer Soap, auf deren Drehbuch ich keinerlei Einfluss hatte. Jeder dichtete mir seine Drehbuchversion an. Karma is a bitch! Einige dieser selbsternannten Drehbuchautoren erhielten postwendend die Resonanz für ihr unrühmliches Verhalten: Sie wurden mit ihren persönlichen Dramen selbst zu Hauptdarstellern in den Drehbüchern anderer Leute. Einige der selbsternannten Drehbuchautoren waren sogar Romantiker: Ihnen zufolge waren Mike und ich ein Traumpaar – wie beruhigend! Nach wie vor hatte sich die Gerüchteküche um Mike und mich nicht beruhigt und an jenem Abend im Black Lodge fühlte ich mich unvermittelt wieder wie die Hauptfigur in einem je nach Beobachter individuell frei interpretierten Theaterstück.

Ein ehemaliger, immer noch lediger Nachbar, dessen Eltern uns zu Mikes Beerdigung Weinblätter mit Hackfleischfüllung vorbeigebracht hatten, erklärte mir, dass er nicht begreifen könne, wie man eine Frau wie mich auf diese Art alleinlassen konnte. So etwas würde er nie tun. Er erwischte mich an diesem Abend in einer Phase, in der ich jede Begegnung und Äußerung, insbesondere Komplimente, entweder als Angriff oder als Anmache empfand. Ich weiß, das ist weder sexy noch sozialtauglich, aber so war es nun einmal. Darüber hinaus, so fuhr er fort, wäre er damals sehr beeindruckt davon gewesen, als ich ganz allein unsere Eingangstür gestrichen hatte und wie perfekt sie seitdem aussah. »Die Frau hat es drauf«, hatte er sich gesagt. Okay, und was genau wollte er mir damit jetzt begreiflich machen? Dass ich handwerklich echt was auf dem Kasten habe? Dass er mich attraktiv fand? Ich war verwirrt – seit Mikes Tod mein Normalmodus in der sozialen Begegnung mit dem anderen Geschlecht.

Dieser ehemalige Nachbar und ich hatten in der Zeit vor Mikes Tod in knapp drei Jahren keine drei Worte miteinander gewechselt. Nun sollte ich mit ihm die Vergangenheit aufleben lassen? Nein danke. Um dieses Gespräch abkürzen, meinte ich, dass ich jetzt einen Freund hätte und nur noch nach vorne blicken würde. Das war wohl nicht das, was er von mir hören wollte. Seine Reaktion war, dass er mir die kritisch verurteilende, vernichtende Seite seiner – nach eigener Einschätzung – sicher qualifizierten Meinung präsentierte: Ich hätte Mike früher oder später sowieso verlassen, schließlich war ich ja auch fremdgegangen. Auf meine höfliche Abfuhr kam also ein Angriff mit einem weit überzogenen und von Wahrheit gänzlich unberührten Vorwurf. Sei es drum!

Bei der Gelegenheit fällt mir ein anderer Abend ein, an dem ich nach Mikes Tod mit einigen meiner Freundinnen unterwegs gewesen war. Ein anderer ehemaliger Nachbar hatte mir unvermittelt angeboten, mit mir ins Bett zu steigen. Er fände mich heute wie damals scharf. Jetzt, da Mike tot sei, solle ich mich doch einfach bei ihm melden. Mir wurde speiübel. Ich blickte ihn an und fragte ihn, ob er noch ganz bei Sinnen sei. Schließlich kannte ich seine Mutter und seine Verlobte. Der Partner seiner Mutter hatte sich eine Woche nach Mikes Tod im Wald erhängt. Ich war fassungslos über sein unverblümtes Angebot. Mir tat seine Verlobte jetzt schon leid, denn mit ihm würde es somit wohl keine erfüllte, monogame Ehe werden.

Das Charakteristische an einer aktiv brodelnden Gerüchteküche ist, dass Gerüchte und Unwahrheiten wie ein Lauffeuer die Runde machen, während die Fakten im Dunkeln bleiben. Ziehen wir zum Beispiel die Tatsache heran, dass sich nach Mike noch drei weitere Menschen, sogar aus derselben Abteilung im Betrieb, umgebracht haben. Innerhalb eines halben Jahres haben sich vier Mitarbeiter aus einer Firma das Leben genommen. Solche Dinge werden beispielsweise nicht weitererzählt. Dass Mike und ich siebzehn Jahre lang zusammen und rund fünfundachtzig Prozent dieser Zeit glücklich waren und wir uns insgesamt zwanzig Jahre kannten, taugte keinesfalls für eine unterhaltsame Gerüchteküche. Ohne Fakten bleibt viel mehr Raum für eigene Ideen.

Übel setzte mir allerdings zu, dass Mike zu seinen Lebzeiten mir gegenüber auch in dieser Liga gespielt hatte. Er hatte mir mit egal welchem Mann gern unterstellt, dass ich ihn hintergehen würde. Wahrscheinlich regte mich deshalb alles so auf, was nun von anderen an Falschmeldungen daherkam, weil es mich noch immer verletzte, dass mein Ehemann mir ungerechtfertigt Vorwürfe gemacht und meine Loyalität zeitlebens infrage gestellt hatte. Und es fühlte sich ein stückweit an, als wäre man mit der ganzen Welt verheiratet. Ich hatte nie behauptet, dass ich eine Heilige bin. Hin und wieder habe auch ich einmal geflirtet, aber gewisse Grenzen habe ich nie überschritten. Ich wusste, dass auch er kein Heiliger war. Seine Grenzen waren weiter gesteckt als meine.

Das Verrückte an der ganzen Sache ist in meinen Augen: Die Menschen offenbaren in ihren selbstgestrickten Gerüchten doch nur ein Stück von sich und ihrem eigenen Charakter, nichts weiter. Es ist ihre Fantasie, es sind ihre Ängste, die sie nach außen projizieren, denkt die Hobbypsychologin in mir. Außerdem: Wem Information fehlt, der erfindet selber Fakten. Nach eineinhalb Jahren Therapie habe ich einiges gelernt, denke ich, vor allem, was die menschliche Kommunikation angeht. Ich für meinen Teil kümmere mich lieber um meine Probleme und trainiere täglich, bei mir zu bleiben und die Verantwortung für mein Tun, Handeln und Denken auch selbst zu tragen. Seit Mikes Tod habe ich gelernt, mich noch mehr auf die Kinder zu fokussieren. Alles darüber hinaus nehme ich wahr und bleibe dennoch auf meinem Weg. Es ist wahrlich nicht leicht, wenn andere dich mit Gerüchten von links und rechts bombardieren, aber möglich das zu überstehen, wenn du bei dir bleibst. In die Runde lächeln und weitergehen ist die Devise. Und ich glaube, es kommt alles irgendwann auf die eine oder andere Art zurück, positiv wie negativ. Merke: Jeder erntet, was er sät!

Abgesehen davon hatte ich dieses Sommerdorf mittlerweile gründlich satt. Was hatte Abigail einmal zu mir gesagt: »Schau zu, dass du auch jetzt, nach Mikes Tod, in der Frühstücksrunde bleibst, dann reden sie nicht über dich. Solange man nicht auf der Abschussliste steht, gehört man dazu.« Mike hatte damals nie gutgeheißen, dass ich mich mit dieser Runde traf. Ich bin trotzdem hingegangen. Nur so blieb ich immer auf dem neuesten Stand, was Sommerdorf und seine Bewohner anging, und stellte sicher, dass ich nicht selbst Ziel der Gerüchteküche wurde.

Die Frühstücksrunde bestand aus Frauen von jeweils ganz eigenem Kaliber. Nehmen wir zum Beispiel Sofia. Sie ist nicht gerade eine Schönheit, aber super schlank, mit langem blondem Haar. Außerdem hat sie eine Riesenklappe und ist überzeugt davon, immer recht zu haben.

Dann wäre da Mia. Sie hat kurzes, schwarzes Haar, drei Kinder und sie weiß über alles und jeden Bescheid. Mia bestimmt auch indirekt, was Sache ist, sprich, wer gerade im Fokus steht.

Dolores besticht durch kurzes, schwarzes Haar. Sie ist bildhübsch, was sie auch weiß, und liebt es, im Mittelpunkt zu stehen.

Dann hätten wir noch Ella. Sie ist stets aufmerksam und grundehrlich. Gleichzeitig empfand ich sie als diejenige unter uns, für die es nur Schwarz oder Weiß gab. Entweder ich war in der Gruppe oder ich war raus. Außerhalb zu sein bedeutete, dass ich von heute auf morgen zu Luft für alle wurde, die noch in der Gruppe waren. In gewisser Weise starb ich also auch, nachdem Mike tot war und ich die Gruppe verlassen hatte.

Johanna hat dunkelblondes Haar und süße Grübchen. Sie ist die Mitläuferin. Mir drängte sich oft die Frage auf, ob sie überhaupt eine eigene Meinung hat.

Charlotte trägt ein rundliches Gesicht, umrahmt von mittelbraunem Haar. Sie hat drei Kinder und ist diejenige, die nach außen hin zuckersüß tut und bei allen gut mit ihrer Art ankommt. Ich hielt sie lange für meine beste Freundin, vor allem, weil sie mir so viel von sich anvertraute.

Lexi, hin und wieder mit von der Partie, gehörte noch nicht wirklich dazu. Sie ist groß, blond, schlank, sportlich und arbeitet in der ortsansässigen Boutique. Sie ist quasi die Dorfzeitung. Inoffiziell mag sie keiner und dennoch findet sie immer jemanden, der etwas mit ihr unternimmt. Angeblich erzählt sie gern die Unwahrheit über ihre Mitmenschen, wenn sie spannender klingt als die Wahrheit. Ich denke, ein bisschen davon steckt in allen von uns.

Und dann gibt es da noch mich, Isabell. Ich bin blond und eine ziemlich direkte und ehrliche Person, das denke ich zumindest von mir. Mit Kritik kann ich ganz schlecht umgehen und ich nehme mir alles zu Herzen. Ich behaupte mal, dass ich mich ganz gut in andere hineinversetzen kann und den absoluten Durchblick in meiner Welt habe. Ich lach mich schlapp. Wie auch immer, ich bin also die Witwe, der die Gesprächsthemen nach Mikes Tod so nebensächlich anmuteten, dass sie aus dieser Gruppe ausstieg.

Und mit diesem Ausstieg wurde ich automatisch zu neuem Futter für die gruppeninterne Gerüchteküche. Nach seinem Ableben ging ich noch einige Male zu diesen Treffen, was mich jedes Mal viel Überwindung kostete. Keine wusste, wie sie mich behandeln sollte. Das war so ätzend, denn jede von ihnen hat mich wie ein rohes Ei behandelt und das fühlte sich weder ehrlich noch echt an. Es passte einfach nicht mehr.

Vom ersten Jahr nach Mikes Tod weiß ich nicht mehr so viel, vor allem die ersten drei bis vier Wochen sind ziemlich dunkel in meiner Erinnerung.

Anscheinend habe ich Dinge gesagt, in der Frauenrunde und auch anderswo, die nicht gut ankamen. Davon hatte ich keine Ahnung mehr.

Ich weiß nur noch, dass ich irgendwann für mich bemerkt habe, dass ich dieses Gefühl, nun anders behandelt und komisch beäugt zu werden, nicht mehr ertrug. Aus der Frauenrunde verabschiedete ich mich per SMS. Wie hätte ich auch das völlige Chaos in mir logisch formulieren sollen? Ich habe mich also höflich für die gute Zeit bedankt. Das macht man doch so, oder nicht? Vielleicht hätte ich das nicht tun sollen, aber mich jetzt dafür zu rechtfertigen, bringt auch nichts mehr.

Einige Wochen später traf ich Johanna auf der Straße. Sie reagierte mir gegenüber sehr reserviert und deshalb fragte ich sie, was los sei. Ich fand es schade, dass man sich nicht einmal mehr grüßte. Johanna meinte nur, das wäre jetzt eben einfach so. Ich ließ sie wissen, dass ich sie und ihren Mann vermisste, womit wir wieder beim Thema Wahrnehmung wären. Jeder hört anscheinend nur das, was er hören will bzw. was für ihn wichtig ist. Johanna hatte es in diesem Fall so verstanden, dass ich die Frauenrunde vermisste und somit völlig überhört, dass ich wirklich sie als Person und ihren Mann meinte. Diese Information schien für sie nicht relevant zu sein, wie ich bald bemerken sollte. Am gleichen Tag bekam ich nämlich eine SMS von Sofia, die ungefähr folgenden Wortlaut hatte: »Hallo Isabell, du hast einige Dinge gesagt, die uns nicht gefallen haben. Und wenn du uns vermisst, dann weißt du, wo du uns findest. Jeder hat eine zweite Chance verdient. Liebe Grüße, Sofia.« Aha, dachte ich, meine Worte dürfen nicht ausdrücken, was ich sagen möchte oder wie ich mich fühle, sie müssen vielmehr das wiedergeben, was den Ladies gefällt. Ich antwortete nicht darauf.

Rückblickend hatte ich wohl einige Male in dieser Runde zu oft meine Wahrheit gesagt, anstatt ihnen nach dem Mund zu reden.

Diese Art von Frauenkommunikation war nicht meins, weil ich so gestrickt bin, Angelegenheiten gleich direkt mit der betreffenden Person zu klären. Ich brauche niemanden an meiner Seite, der irgendetwas aufschnappt und dann hinterrücks und von seiner eigenen Wahrnehmung verzerrt weitererzählt.

Diese Thematik hatte ich beispielsweise mit Charlotte bei unserem letzten Gespräch. Sie hatte gesagt: »Ja, die Mädels haben gesagt, du hast gesagt …« Ich habe sie daraufhin angeschaut und ihr geantwortet, dass ich die anderen nicht brauche, um ihr meine Meinung über ihre Beziehung mitzuteilen. Meiner Meinung nach fand ich es nicht gut, dass sie und James ihren Paarkonflikt auf dem Rücken der Kinder austrugen.

Ein weiteres No-Go beziehungsweise war, etwas nicht zu sagen, zu verschweigen oder zu verheimlichen. Genau das hatte ich mir aber erlaubt, als es nach Mikes Tod um meine Urlaubsplanung für Kroatien ging. Sowohl Luke als auch Massimo hatten sich als Urlaubsbegleitung angeboten. Ich war mitten in meiner Entscheidungsphase, ob eine Begleitung überhaupt gut wäre. Mike war erst im April gestorben. Was würden die Leute über eine Frau denken, die nun mit einem männlichen Freund in den Familienurlaub startete? Zehn Frauen mitnehmen? Kein Problem. Einen Mann als Begleitung? Unmöglich! Ich wusste, dass Luke mir nur Gutes tun wollte, indem er mir den gemeinsamen Urlaub in Kroatien anbot. Da steckte nicht mehr dahinter. Massimo, damals Single, wollte uns ebenfalls begleiten, da er ohnehin zur selben Zeit seinen Jahresurlaub geplant hatte. Dennoch kamen Vorwürfe, wie etwa: »Warum hast du uns das nicht erzählt? Welcher von den beiden kommt denn jetzt als dein neuer Partner infrage?«, und weitere, für mein soziales Umfeld offenbar essenziell lebenswichtige Fragen.

Freundschaft – ohne mich?

Irgendetwas stimmt doch nicht mit mir, oder? Wie soll ich das nur in Worte fassen? Ich bin nicht imstande, Frauenfreundschaften aufrechtzuerhalten. Liegt es an mir? Liegt es an den anderen? Ich habe absolut keine Ahnung!

Nach Mikes Tod und bevor ich wieder in einer Beziehung war, waren Ida und Ina, zwei neu gewonnene Freundinnen, oft bei mir zu Besuch. Wir kochten zusammen, aßen gemeinsam, gingen schwimmen. Kaum jedoch war ich wieder in einer Beziehung, fand nichts von alldem mehr statt. Der Kontakt fror sozusagen ein, von heute auf morgen. In einer Beziehung zu einem Mann zu sein hieß also, ich war raus – oder waren sie raus? Verstand ich das richtig? Oder verstand ich gar nichts? Und warum wurde ich automatisch nicht mehr eingeladen? Egal wie es tatsächlich war, vielleicht war ich nicht in der Lage, Beziehungen zu Frauen auf Dauer aufrechtzuerhalten.

Kaum war ich mit Massimo zusammen, trafen meine beiden Singlefreundinnen sich jedenfalls nur noch unter sich.

Faszinierend allerdings war, dass Ina sich genau an jenem Tag wieder bei mir meldete, an dem ich mich von Massimo getrennt habe. Klar, ab sofort war ich ja wieder Singlefrau! Na gut, erst beschwere ich mich, dass ich nichts mehr von den beiden höre und dann, dass sich jetzt plötzlich wieder eine bei mir meldet. Wo steht eigentlich geschrieben, dass Singlefrauen und diejenigen, die eine Beziehung haben, nicht kompatibel sind?

Wie ich mit meinem Leben und aller Welt im Moment wieder einmal auf Kriegsfuß stand. Lehnen wir automatisch ab, was wir nicht verstehen? Ich war so enttäuscht, weil ich so viele Versprechen bekommen hatte und sich nur wenige daran erinnerten, was sie mir in den schweren Stunden zugesagt hatten. Ach, vermutlich waren meine Ansprüche jetzt total ungerecht. STOPP, Schluss mit dem Selbstmitleid! Ich bin ganz allein dafür verantwortlich, wie sich mein Leben weiterentwickelt. Das vergesse ich manchmal, diesen Punkt mit der Verantwortung.

Es gibt Tage, an denen ich einfach meine Koffer und meine Kinder einpacken möchte, um ganz weit wegzuziehen, am liebsten an das andere Ende der Welt. Kurz zurück ins Selbstmitleid – so viel Zeit muss sein: Wenn wir morgen weg wären, würde das keinem auffallen. Ich halte das gerade echt nicht mehr aus. Mein Herz will hier weg. Ich will einen Neuanfang, mit oder ohne Partner. Ich habe manchmal das Gefühl, je länger ich hierbleibe, umso weniger komme ich voran. Vielleicht ist es einfach noch nicht an der Zeit, um große Fortschritte zu machen. Da wäre es wieder: Mein Problem mit der Geduld. Ich könnte im Moment nur heulen. Natürlich gibt es Menschen, die uns vermissen würden, ich bin ungerecht. Aber ich will endlich wieder durchatmen, mich frei bewegen und glücklich sein. Ich möchte wenigstens von Zeit zu Zeit weg, um mit einem Lächeln zurückzukehren. Und ich möchte mit einem guten Gefühl gehen.

Im gleichen Atemzug frage ich mich: Wann wird mich mein Prinz endlich retten und mich hier wegbringen? Wann? Nie war mehr Anfang als jetzt. Ich war nur noch gereizt und angespannt, weil nichts in greifbarer Nähe scheint. What the F…!

Es macht den Eindruck, dass Direktheit in meinem ganzen Dilemma eine wichtige Rolle spielt. Neulich meldete sich Ella per E-Mail bei mir. Sie verstehe nicht, was passiert sei zwischen uns, schrieb sie. Unsere Freundschaft habe ihr so viel bedeutet und sie wolle nun gern wissen, was sie mir getan habe, dass ich mich nicht mehr bei ihr meldete.

Die Wahrnehmung war es wohl auch in diesem Fall wieder. Was hatte sie mir getan? Oder was hatte ich ihr getan? Wie auch immer, ich habe ihr geantwortet, dass ich kein Problem habe und nicht wüsste, was sie meinte. Wir könnten uns gern treffen, um mögliche Missverständnisse zu klären.

Ella verriet mir dann doch per E-Mail, was sie getroffen hatte: Ich hätte ihr bei Facebook die Freundschaft gekündigt. Wenn man jemandem bei Facebook oder Instagram die Freundschaft kündigt, ist man anscheinend in der wahren Welt nicht mehr miteinander befreundet.

Wie bitte? Das war jetzt aber nicht ihr Ernst! Ich schrieb ihr zurück, dass ich sie nicht aus der Freundschaftsliste entfernt hatte und ich nicht wüsste, wie das passiert sei. Ich hatte ihr dieselbe Frage bereits einmal beantwortet. Die E-Mail mit dieser Antwort habe sie nie bekommen, meinte sie daraufhin. Sie schickte mir anschließend eine Facebook-Anfrage und damit war dann alles wieder gut. Wie eigenartig war das denn? Zuerst der ganze Stress und mit einem Klick ist alles wieder gut? Ernsthaft?

Freundin oder Feindin?

Habe ich schon erwähnt, dass ich noch eine Freundin habe, die es nach Mikes Tod nicht so gut mit mir meinte?

Aiden und Aria waren gute Freunde von Mike und mir. In dem Jahr vor Mikes Tod hatte Aria sich in ein Zentrum für Psychiatrie einweisen lassen. Sie und Aiden haben zwei Kinder. Als gute Freunde waren wir für sie und die Kinder natürlich da. Ich habe mir nie ein Urteil über die Beziehung der beiden erlaubt. Aria war in mehreren Kliniken zur Behandlung. In jener Zeit ging es nur um sie. Sie wollte weder Kontakt zu Aiden noch zu ihren Kindern. Im Grunde genommen konnte sie sich glücklich schätzen, dass Aiden sie über alles geliebt und sie so unterstützt hat. Welcher Mann bleibt ansonsten bei einer Frau, die seit sechs Jahren nicht mehr mit ihm intim war und ihm ständig vorwarf, was für ein Versager er sei? Machen wir andere klein, wenn wir uns selbst klein fühlen? Aria hatte selbst keine abgeschlossene Berufsausbildung. Fühlte sie sich gerade so sehr als Versagerin, dass sie ihren Mann ebenfalls zum Versager erklären musste? Oder drehen Frauen kurz vor dem vierzigsten Geburtstag allgemein durch?

Was sie wirklich gut hinbekommen hat, sind ihre drei Mädchen, die sie liebevoll und anständig erzogen hat.

Vielleicht hatte Aria darüber hinaus einfach keine Kraft mehr, in meiner Trauer auch noch für mich als Freundin da zu sein. Ich unternahm also viel mit Luke, Massimo, Ina und Ida. Wie ihr ja bereits wisst, hat sich dadurch zwischen mir und Massimo eine Beziehung angebahnt. Als wir also ein halbes Jahr nach Mikes Tod mit den Kindern im Jordanbad waren, habe ich das bei Facebook gepostet, weil ich mir nichts dabei gedacht habe. Rückblickend sehr naiv von mir. Aria postete daraufhin einen Kommentar darunter: »Hatte Mike also doch recht, der arme Mike.« Sie spielte auf das böse Gerücht an, Mike hätte sich umgebracht, weil ich ja schließlich immer schon Affären gehabt hatte. Ich habe ihren Beitrag gelöscht und sie blockiert, denn ich war schockiert und wütend zugleich. Als ich mich auch nach einem Tag noch immer nicht beruhigen konnte, rief ich sie an und wollte wissen, was das soll. Könnt ihr euch vorstellen, das von einer Freundin zu lesen, für die man immer da war? Und jetzt hatte sie nicht einmal den Anstand, ans Telefon zu gehen. So etwas zu schreiben, anstatt es einem ins Gesicht zu sagen, geht natürlich viel leichter von der Hand. Ich habe ihr dann geschrieben. dass sie sich aus meinem Leben heraushalten soll und wenn sie einen Funken

Anstand besitzen würde, sollte sie sich in Zukunft besser mit solchen Aussagen zurückhalten, schließlich gäbe es da auch noch meine zwei Kinder.

Daraufhin kam eine Antwort retour, das sei ihr vollkommen egal und ich allein sei für Mikes Tod verantwortlich. Sie sei mit ihrer Meinung nicht allein und stehe dazu.

Es ist so einfach, über andere Menschen zu urteilen, um von seinen eigenen Problemen und Unzulänglichkeiten abzulenken. Ich habe ihr darauf nicht mehr geantwortet. Es macht für mich keinen Sinn, mich dauernd vor irgendjemandem zu rechtfertigen. Wofür auch? Jeder hat seine eigene Wirklichkeit. Das hat man also davon, wenn man für Menschen da ist, die mit ihrem eigenen Leben nicht klarkommen. Natürlich ist es leichter, den angestauten Frust bei anderen Menschen abzuladen und über andere zu urteilen, als in den eigenen Spiegel zu schauen und sein persönliches Leben zu beleuchten. Für sie war ich anscheinend ein gefundenes Fressen. Wirklich schade!

Heute hatte ich meine erste Familien-Aufstellung. Wenn du eine Systemische Psychotherapie anfängst, bedeutet das, dass du von deiner Kindheit an alles aufrollst, was wichtig sein kann, um herauszufinden, welche Prägungen dir möglicherweise dabei im Weg stehen, deine Ziele zu erreichen. Der ein oder andere von euch kennt das vielleicht: Als Kind möchtest du die Aufmerksamkeit, die Anerkennung und die Liebe deiner Eltern erhalten. Ich habe mich mein gesamtes Leben immer für alles und jeden verantwortlich gefühlt. Dauernd hatte ich das Gefühl, dass ich es nicht wert bin, geliebt zu werden. Seit ich begonnen habe, meine Grundeinstellung zu ändern, d. h. mich in erster Linie um mich und die Kinder zu kümmern, werde ich gefühlt oft angefeindet. Es gibt Menschen, die mir nicht mehr so wohlgesonnen sind. Auf dem Nachhauseweg von der Therapiesitzung hielt ich noch schnell bei Lidl an, um ein paar Sachen zu besorgen. Heute war Karma mal wieder eine bitch. Wie hoch ist die Wahrscheinlichkeit, eine Person, die man seit eineinhalb Jahren nicht mehr gesehen hat, ausgerechnet im Lidl an der Kasse zu treffen? Das Leben wollte mir in die Karten sehen: War ich soweit, meine alten Verhaltensmuster der Vergangenheit angehören zu lassen? Die letzte Kommunikation zwischen Aria und mir war nicht gerade positiv gelaufen. Hier saß sie nun an der Kasse und – wie wunderbar – es war nur diese offen. Augen zu und durch, dachte ich und sagte brav »Hallo«, lächelte ihr zu und wünschte ihr einen schönen Tag. Ich kann es gar nicht glauben, dass wir einmal befreundet waren.

Ich war gerade auf dem Weg nach Fischbach, als ich eine E-Mail bekam, und zwar von Aria. Der

Wortlaut war folgender: »Dein dummes Grinsen kannst du dir in Zukunft sparen!!! Privat schau ich dich nicht mal mit meinem Arsch an!!! Aber ich muss zu jedem Abschaum – so wie du einer bist!!! – nett sein und grüßen. Also bilde dir nichts darauf ein, Bitch. Eine Frau, die ihren Mann unter die Erde bringt, ist das Allerletzte!!!

Ich war kurz in Versuchung, sie wegen übler Nachrede anzuzeigen. Gruselig, wie manche ihre Wut und Verletztheit auf Dritte projizieren, um damit nicht diejenigen zu konfrontieren, um die es wirklich geht. Ihr Mann hatte sie betrogen, als sie schwanger war. Für sie lauerte Fremdgehen überall. Ich hakte es also ohne weitere Worte für mich ab und bin ihr seither nie wieder begegnet. Ihren Mann traf ich vor drei Jahren zufällig in einer Autowerkstatt. Wir grüßten uns kurz und er fragte, wie es mir geht. »Gut, danke, und wie geht es dir?« Er antwortete: »Super, ich habe mich endlich von Aria getrennt.« Ich musste innerlich schmunzeln, weil die beiden zuvor schon häufiger Schluss gemacht hatten. Doch er meinte, dieses Mal sei es endgültig. Außerdem sagte er zu mir: »Du weißt, dass sie krank ist. Sie hat es sich mit vielen Menschen verscherzt.«

Wichtige Selbsterkenntnis

Mit Massimo hatte alles so vielversprechend begonnen. Doch rund neun Monate später war ich so weit, dass ich froh gewesen wäre, er wäre von sich aus gegangen. Wie soll ich das erklären? Ich wusste damals einfach nicht mehr, was ich machen sollte.

Massimo war meine erste Beziehung nach siebzehn Jahren mit Mike. Und es fühlte sich so beschwerlich an. Aber was zum Teufel war eigentlich wirklich los? War es eine gute Idee gewesen, mich so schnell auf eine neue Beziehung einzulassen? Rückblickend natürlich nicht. Ich war damals der Meinung, dass ich so ziemlich alles falsch gemacht hatte, was eine Frau, die ihren Mann erst vor Kurzem verloren hatte, in der Öffentlichkeit eben falsch machen kann. Wie lange muss eine Witwe eigentlich allein bleiben, damit es gesellschaftlich wieder erlaubt ist, sich neu zu verlieben, ohne unterstellt zu bekommen, man hätte seinen verstorbenen Mann nie wirklich geliebt? Müssen Witwer auch so lange allein bleiben? Gefühlt dürfen sie wahrscheinlich nach drei Monaten wieder eine neue Beziehung eingehen und alle würden sagen: »Gott sei Dank hat er wieder jemanden, denn allein würde er es mit den Kindern nicht schaffen.« Bei mir hatte es sechs Monate gedauert, bis ich eine Beziehung mit Massimo einging. Sogar mein eigener Vater hatte mich dafür heruntergeputzt mit den Worten: »Bist du eigentlich noch ganz dicht?!« Er fand den Zeitpunkt für eine neue Liebe viel zu früh! Er schrie mich geradezu an, ob ich mir denn keine Gedanken gemacht hätte, was das für Konsequenzen habe: Was die Leute reden, was mir alles unterstellt wird, wenn ich mein Herz so schnell wieder an einen Mann verschenke und dass sich Menschen von mir abwenden werden. Ich fand, das Leben meinte es nach Mikes Tod einfach gut mit mir und ich war froh, dass jemand für mich da war. Ich dachte mir nichts weiter dabei und war einfach nur dankbar für diesen Menschen in meinem Leben.

Wenn sich Paare auf normalem Wege trennen und bald wieder eine neue Beziehung eingehen, dann ist das in Ordnung. Aber ein Verlust, weil der Partner verstorben ist, scheint zumindest für Frauen eine vorgeschriebene Trauerphase von mindestens einem Jahr Einsamkeit und Enthaltsamkeit einzuläuten. Ich war doch erst zweiunddreißig Jahre alt! Wer legt eigentlich fest, was okay ist und was nicht? Wer hat das Recht, darüber zu bestimmen, wie lange speziell die Trauerphase einer Frau dauern muss und wie sie auszusehen hat? Wie unverschämt empfand ich es von manchen Personen, sich herauszunehmen, mir Untreue schon während meiner Ehe vorzuwerfen, nur weil ich nach Mikes Tod so schnell einen neuen Partner gefunden hatte. Das konnte doch nicht mit rechten Dingen zugehen! Brauchten die Menschen wirklich mich als Schuldige, um sich eine Erklärung dafür zu basteln, dass mein Mann sich das Leben genommen hatte?

Wenn ein Mensch beschließt, sich das Leben zu nehmen, schickt der liebe Gott, das Universum oder das Schicksal – je nachdem, woran man glauben mag oder nicht – vielleicht einfach einen Menschen in dein Leben, der dir dabei helfen soll, wieder Halt zu finden. Ich nenne das Übergangsmensch, denn ich habe schon des Öfteren beobachtet, dass solche Beziehungen häufig nicht langfristig halten. Ich war da also keine Ausnahme.

Nachdem mir mit der Zeit bewusst geworden war, was ich wollte und wie meine Zukunft aussehen sollte, wurde mir klar, dass Massimos und meine Wege sich wieder trennen würden. Vielleicht hatte ich mich auf ihn eingelassen, weil ich nicht aushielt, allein zu sein. Und er hatte genug Mut, sich in mein Leben einzuklinken.

Vielleicht waren auch der Wunsch nach etwas Sicherheit, nach einer Schulter zum Anlehnen und der Glaube, allein nichts wert zu sein, ein Mitgrund. Ich hatte gelernt, dass Frauen ohne Mann wirtschaftlich nicht überlebensfähig sind. Ich war also siebzehn Jahre von einem Mann abhängig und dachte, dass ich ohne ihn ein Nichts wäre. Ich ging zwar auch arbeiten und erzog die Kinder, Mike brachte jedoch den Hauptteil des Geldes nach Hause. Meine Eltern hatten es mir so vorgelebt: Frauen kümmern sich um Kinder und Haushalt, Männer gehen arbeiten und verdienen das Geld.

Was meine Beziehung zu Massimo betraf, blieb so manche Frage bis heute offen: War es gut gewesen, so schnell zusammenzuziehen? Zum damaligen Zeitpunkt war er auf Arbeitssuche. Der gemeinsame Wohnsitz hatte auch für ihn ein finanzielles Problem gelöst. Ja, es war zum damaligen Zeitpunkt wahrscheinlich das Richtige.

Eines Morgens waren wir gemeinsam beim Joggen. Ich war wieder einmal bis zum Anschlag angespannt, wie so oft in den vergangenen Wochen. Ich hätte schreien können. Gott sei Dank fehlte mir beim Joggen die Luft dafür. Doch diesmal wurde ich den inneren Zwiespalt, der mich zutiefst beschäftigte, nicht los. Wir waren kurz zuvor aus einem gemeinsamen Thailand-Urlaub zurückgekehrt. Ich erinnere mich an den Morgen, an dem ich dort am Strand entlang gejoggt war. Barfuß, es war schön. Zum ersten Mal seit Mikes Tod fühlte ich mich vollkommen frei! Und plötzlich hatte ich das Gefühl: Das passt nicht mit mir und Massimo. Ich kann definitiv nicht sagen, woher dieses Gefühl kam und ich wollte es auch nicht haben, aber es blieb. Wann ist der richtige Zeitpunkt, deinem Partner mitzuteilen, dass es vorbei ist? Ich hatte zuvor noch nie eine Partnerschaft beendet. Ich fasste also allen Mut zusammen und teilte Massimo mit, dass unsere Paarbeziehung meinem Empfinden nach vorbei sei. Ich bat ihn, so bald wie möglich auszuziehen.

Er antwortete: »Du glaubst wohl nicht ernsthaft, dass ich ausziehe. Ich habe meine Möbel verkauft, als ich zu dir gezogen bin. Und wo soll ich denn eine Wohnung finden in meiner momentanen Lage?«

Im Ernst? Das war doch nicht mein Problem. War er wegen uns mit mir zusammen oder wegen seiner wirtschaftlich angeschlagenen Lage? Gut, er war arbeitslos, was sicher dazu beigetragen hatte, dass er so schnell bei uns eingezogen war, aber ich war fest entschlossen: Lieber ein Ende mit Schrecken – darin hatte ich ja mittlerweile unfreiwillig Übung – als ein Schrecken ohne Ende.

Das Gute an dem Ganzen war, dass ich mein Beziehungsmuster wiedererkannte. Von außen betrachtet war deutlich zu sehen, dass ich sehr viel geschehen ließ und versuchte, immer so zu sein, wie ich dachte, dass mein Partner mich haben will, aus Angst davor, sonst nicht geliebt zu werden und allein zu sein. Nein zu sagen oder für meine Bedürfnisse und Wünsche einzustehen, schien mir einfach nicht möglich. Darum wehrte ich mich nicht und hatte Mike ebenso wie Massimo stets über meinen

Kopf hinweg entscheiden und den gemeinsamen Weg vorgeben lassen. Massimo hatte von Beginn an festgelegt, ab wann wir ein Paar waren. Er bestimmte, dass und wann wir zusammenzogen. Er gab vor, wie ich mich verhalten und was ich anziehen sollte. Ich begriff nun endlich, was ich dringend lernen musste: mir selbst zu folgen, nein zu sagen, anderen mitzuteilen, was meine Bedürfnisse waren und selbst die Verantwortung für das Erfüllen meiner Wünsche zu übernehmen.

Ich habe mir irgendwann nach Mikes Tod und dank meiner neuesten Erkenntnis über mich selbst eine Liste gemacht mit Dingen, die ich noch erleben möchte, mit Punkten, die für mich im Leben wichtig sind und mit Verhaltensweisen, die ich von mir in einer neuen Partnerschaft erwarte.

Ich möchte, dass mein Partner mich mit all meinen Macken und Fehlern liebt, ganz genau so, wie ich wirklich bin. Außerdem möchte ich, dass er meine Kinder ebenso liebt, so wie sie sind. Ich wünsche mir einen Partner, der mit meiner Vergangenheit klarkommt und mir den nötigen Freiraum lässt, ich selbst zu sein. Für mich war es stets selbstverständlich, mit meinen Kindern über ihren verstorbenen Vater zu sprechen. Er würde immer ihr Vater sein. Es ist unbegreiflich, dass ich aufpassen musste, nur über Mike zu reden, wenn Massimo gerade nicht zu Hause war. Sprachen wir über ihn in seiner Anwesenheit, verließ er jedes Mal wortlos den Raum – sein unausgesprochener Vorwurf darüber, dass ich mich über einen Mann äußerte, den ich von Jugend an kannte, schwebte im Raum. Bis heute vergeht kein Tag, an dem ich nicht an Mike denke. Ich ertrage keine Kontrolle mehr und akzeptiere nicht mehr, dass man mir andauernd sagt, was ich zu tun und zu lassen oder gar anzuziehen habe. Vor allem lasse ich nicht zu, eines meiner Kinder auf ein Internat zu schicken, nur weil es meinem Partner zu schwierig erscheint. Meinem Empfinden nach brauchen Kinder, die ihren Vater verloren haben, in erster Linie Liebe und Sicherheit – kein Internat!

Von diesem Kontrollwahn hatte ich nun endgültig die Nase gestrichen voll. Der letzte Urlaub hatte einfach das schon brodelnde Fass endgültig zum Überlaufen gebracht. Zur Erklärung und Vorgeschichte: Schon Mike hatte zu seinen Lebzeiten mein Handy, meine E-Mails, meinen Facebook-Account und eben alles, was Frau so verwendet, um mit anderen Menschen in Kontakt zu stehen, kontrolliert. Ein trauriger Höhepunkt war der Tag, an dem ich vom Joggen nach Hause kam, wohl rund zehn Minuten später als sonst. Mike hatte bereits auf mich gewartet. Eine Freundin von uns war gerade zu Besuch. Wie immer ging ich zum Kellerabgang, um meine durchgeschwitzte Kleidung abzulegen. Mike trat von hinten an mich heran und griff mir unvermittelt in den Schritt. Er fragte, ob ich Spaß gehabt hätte. Fassungslos und fragend sah ich ihn an. In der nächsten Sekunde tat er es lachend als Spaß ab. Für mich war das alles andere als Spaß. Ich fühlte mich zutiefst gedemütigt bezüglich seines Übergriffs und Verdachts, ich hätte unterwegs möglicherweise mit einem anderen Mann Sex gehabt. Denken Männer tatsächlich so? Und wenn ja: Ist es ihr Wunschdenken, eben mal mit einer joggenden und verschwitzten Frau Sex zu haben? Meines ist es nicht!

Ich war es endgültig leid, von Männern kontrolliert zu werden und bestimmt zu sein. Unvermittelt sah ich mich nach Mikes Aktion in meine Kindheit zurückversetzt: Ich war damals knapp sechs Jahre alt. An jenem Tag besuchte ich meine Freundin zu Hause. Wir spielten in ihrem Kinderzimmer, das sie mit ihrem älteren Bruder teilte, mit ihren Puppen. Währenddessen kam ihr Bruder mit seinem Freund ins Zimmer. Dieser Freund beschloss, wir würden jetzt gemeinsam »Schiff« spielen, wozu sich eine von uns auf das Bett legen sollte. Ich sagte, ich wolle nicht diejenige sein, die krank auf dem Bett liegt und vom Arzt untersucht wird. Meine Freundin bat mich inständig, die Kranke zu spielen, ich gab schließlich nach. Der Freund des Bruders wies mich an, mich für eine Untersuchung auf den Bauch zu legen. Als er plötzlich meine Unterhose herunterzog, wiederholte ich, dass ich das nicht wolle. Er entgegnete nur, dass er bei mir jetzt Fieber messen müsse, woraufhin er mir etwas in den Po steckte. Ich schrie, weil es wehtat, und forderte ihn auf, sofort damit aufzuhören. Die Zimmertür wurde plötzlich aufgerissen. Die Mutter meiner Freundin stürmte ins Zimmer und fragte, was hier liefe. Sie fragte mich, was ICH gemacht hätte. Meine Beteuerung, dass ich das nicht wollte, was hier geschah, beachtete sie nicht. Ich solle mich ankleiden und sofort nach Hause gehen. Ich verließ die Wohnung, zog mich auf den Spielplatz unterhalb unserer Wohnung in ein Holzhäuschen zurück und weinte eine gefühlte halbe Stunde lang. Ich war völlig verwirrt. Was hatte ich denn falsch gemacht? Ich wollte das doch gar nicht. Warum wurde ich geschimpft und weggeschickt? Ich traute mich damals nicht, mich meiner Mutter anzuvertrauen. Das Schlimmste bis heute daran war für mich jedoch, dass mich die Schüler der Oberstufenklassen, alle im Alter des Bruders meiner Freundin, ab diesem Zeitpunkt so seltsam ansahen. Der Freund hatte herumerzählt, was er getan hatte, und alle fanden das offenbar belustigend. Ich schämte mich allerdings, fühlte mich schlecht, schuldig und schmutzig. Die Einzige, die zu mir kam, war die Tochter einer Nachbarin. Sie fragte mich, was los sei und ich vertraute mich ihr an. Sie glaubte mir, und das tat gut. Noch Jahre später wechselte ich die Straßenseite, wenn ich dem

Menschen begegnete, der mir das damals angetan hatte. Ist das nicht verrückt? Ich bin erwachsen, fühle mich deswegen immer noch schlecht und wechsle die Straßenseite! Eigentlich sollte nicht ICH mich schlecht fühlen, sondern der, der mir das angetan hat. ER sollte sich entschuldigen, ER sollte die Straßenseite wechseln, ER sollte sich schäbig fühlen! Das hat mich sicherlich bis heute nachhaltig geprägt und beeinträchtigt, was meine Selbstliebe und mein Selbstvertrauen anbelangten: dieses bei jeder passenden Gelegenheit leise aus dem Hintergrund herankriechende Gefühl, ich sei für alles verantwortlich und an allem schuld.

Damit wollte ich jetzt endgültig Schluss machen, jetzt würde ich endlich selbst bestimmen! Damals waren die Erwachsenen nicht für mich da. Jetzt würde ich für mich da sein. Und dazu gehörte eben auch, mir ein Memo zu verpassen, was bedingungslose, wertschätzende Liebe anbelangte: *Fang an, dich selbst zu lieben, so wie du bist, liebe Isabell, dann klappt das auch mit der Liebe. Dann erst kann ein anderer Mensch dich ebenfalls so lieben, wie du bist.*

Ich stellte mir vor, dass irgendwann der Tag kommen würde, an dem ich aus Sommerdorf wegziehe. Dann würde ich mit Liebe und einem Lächeln im Gesicht auf die Vergangenheit zurückblicken können und zu mir sagen: »Du hast alles richtig gemacht in deinem Leben, und zwar einen Schritt nach dem anderen.« Schlussendlich war ich ja vor allem wegen der Kinder geblieben, denn sie hatten ein Recht auf ihr Leben hier und eine gewohnte Umgebung. Ich wusste ja selbst, was es bedeutet, als Kind von heute auf morgen aus dem gewohnten Umfeld gerissen zu werden. Wobei ich mir dann immer wieder sagte: »Die Kinder sind dort zu Hause, wo ich bin.«

So viele Gedanken und Pläne fanden sich in meinem Kopf, die mich Schritt für Schritt weiterbrachten. Aber drehte ich mich trotzdem immer wieder im Kreis? War es noch ein langer Weg, bis ich damit aufhörte, mir selbst Steine in den Weg zu legen? Der Gedanke, mit den Kindern einfach wegzuziehen, verursachte ebenfalls ein mulmiges Gefühl. Eigentlich konnte ich ja jederzeit wieder zurückkommen. Weshalb zum Teufel ging ich mir dann nicht endlich selbst aus dem Weg und fing von vorne an, an irgendeinem Ort, ohne die alten Erinnerungen?

Meine Mutter und ich – das ewige Pulverfass

Meine Mutter kam heute spontan zu Besuch. Wir saßen in der Küche und unterhielten uns. Da wir diesmal an Dylans Geburtstag in Thailand waren, kam sie vorbei, um ihm nachträglich zu gratulieren und ihn zu fragen, was er sich wünsche. Er sagte, er wolle so gerne Gokart fahren. Da das sehr teuer ist, habe ich ihr dazu erklärt, dass wir alle dafür zusammenlegen wollen, um Dylan diesen Wunsch zu erfüllen.

Meine Mutter hatte von Anfang an ein Problem damit, dass ich so kurz nach Mikes Tod eine neue Beziehung eingegangen war. Sie ließ mich das bei allen möglichen und unmöglichen Gelegenheiten spüren. Auch heute, wo es doch hauptsächlich um ihren Enkel ging, war das wieder einmal der Fall. Sie teilte mir mit, dass sie da nicht mitmachen würde und stattdessen mit Dylan shoppen gehen wolle. Shoppen? Das war ihr Wunsch, nicht der von Dylan. Seien wir mal ehrlich: Welcher Junge will mit seiner Oma shoppen gehen? Nichtsdestotrotz war ich froh, dass sie überhaupt Zeit mit ihrem Enkel verbringen wollte, und sagte zu.

Später wollte sie von mir wissen, ob ich noch bei Zeppelin arbeite. »Ja«, antwortete ich. »Wieso möchtest du das wissen?« Wer fragt, der führt, heißt es ja nicht umsonst. Da wir gerade beim Thema Arbeit waren, nutzte ich die Gelegenheit und versuchte, unsere Unterhaltung in Richtung meines Anliegens zu steuern: »Schön, dass du mich das fragst. Sie haben mich nämlich angefragt, ob ich nicht auch einen ganzen Tag arbeiten könnte. Ich habe ihnen mitgeteilt, dass ich es abklären müsse und ihnen dann Bescheid gebe.« Um das zu ermöglichen, würde ich die Hilfe meiner Mutter benötigen. Deshalb fragte ich sie, ob sie es einrichten könne, Bryan und Dylan montags von siebzehn bis zwanzig Uhr zu betreuen, damit ich ein wenig mehr Geld für unsere kleine Familie verdienen konnte. Ihr Engagement bräuchte ich von Juni bis Oktober. Eigentlich hatte ich das ganz in Ruhe mit ihr bereden wollen, aber das war wie so oft nicht machbar. Stattdessen endete es wie üblich in einem heftigen Streit. Ein Wort gab das andere, und schließlich bekam ich, wie in rund neunzig Prozent der Fälle, ein Nein von meiner Mutter als Antwort.

Üblicherweise war sie meist anders verplant an den Tagen, an denen ich sie als Unterstützung für die Kinder gebraucht hätte, und zwar abwechselnd mit einem Termin beim Arbeitsamt, einem Arztbesuch, einem Treffen mit einer Freundin oder einfach körperlichem Unwohlsein. Ich kannte das bereits zur Genüge von ihr: niemals eine direkte Antwort geben, sondern immer Bedenkzeit verlangen und dann meist eine Absage erteilen. Danach folgte üblicherweise ein Vorwurf ihrerseits, warum man sich nicht öfter sehe, und das Angebot, jederzeit auf die Kinder aufzupassen. Bei der nächsten Anfrage meinerseits wiederholte sich das ganze Prozedere erneut.

Irgendwann begann ich, es einfach hinzunehmen, denn ändern konnte ich ohnehin nichts daran.

Nach unserem Gespräch hörte ich eine Woche lang nichts mehr von ihr. Egal wie ich es anging, ich machte es in den Augen meiner Mutter nie richtig. Seit Mikes Tod war es noch schwieriger zwischen uns geworden. Lange Rede kurzer Sinn: Eine Woche danach meldete sie sich wieder bei mir, denn sie wollte wissen, welche Kleidergröße Dylan hat. Sie wäre gerade beim Einkaufen.

Jawohl, ich liebte es einfach, diese Momente! Meine Mutter hatte versprochen, dass sie das mit ihm zusammen machen würde und nun machte sie es doch wieder allein. Es gibt Dinge, die scheinen in Stein gemeißelt zu sein. Wie der Lieblingssatz meiner Mutter: »Jetzt komm erstmal ich!« Dieser Satz hat sich bei mir schon seit meiner Kindheit eingebrannt. Manchmal glaube ich wirklich, dass sie, nachdem ich auf die Welt kam, bereits sagte: »Schön, dass du da bist, aber jetzt komm erst einmal ich.«

Aber das war noch nicht alles, denn nun geriet meine Mutter so richtig in Fahrt. Sie meinte, dass ich mich seit Mikes Tod verändert hätte. *Entschuldige bitte, dass der Suizid meines Mannes nicht spurlos an mir vorbeigegangen ist*, dachte ich bei mir. Als Mike noch lebte, hatte ich öfter bei ihr vorbeigesehen und häufiger angerufen, das stimmt. Ich hatte nun aber keinen Ehemann mehr, der sich um die Kinder kümmern konnte, während ich schnell mal meine Mutter besuchte oder umsorgte. Wie ich es satt hatte, immer wieder vorgehalten zu bekommen, nicht mehr so zu sein, wie mich alle haben wollten. Mit dem Tod von Mike war auch ein Teil von mir gestorben, das war nun einmal so. War das nicht eher normal als schlimm? Ich hatte eine Lektion für das Leben bekommen. Und bei jedwedem Verständnis: Wann würde meine Mutter all ihre Versprechen einlösen, die sie mir vor und nach Mikes Tod gegeben hatte?

Diesmal platzte es ungebremst aus mir heraus, denn ich weigerte mich, nichts dazu zu sagen und wollte mich nicht mehr zurückhalten!

Ich fragte sie, wie ich das verstehen solle. Warum genau machte ich in ihren Augen alles falsch? Nur weil ich nicht mehr so für sie da war, wie sie meinte, ein Recht auf mich zu haben? Dass meine Mutter stets nur dann zu mir kam, wenn sie wieder einmal Geld oder etwas anderes von mir haben wollte, nervte mich ungemein. Und ja, ich hatte mich seit

Mikes Tod verändert, definitiv und unabänderlich. Würde mein Kind seinen Partner verlieren, wäre ich für es da und würde ihm die Hilfe zukommen lassen, die es braucht. Und nicht die Hilfe, von der ich denke, dass mein Kind sie unbedingt haben muss.

Das mit dem Geld war auch so eine Sache. Ich habe ihr oft genug Geld gegeben, wenn sie darum bat, aber da bin ich selbst schuld. Wenn Bryan und Dylan bei ihr waren, habe ich auch immer etwas Geld dagelassen. Sie hatte zwar wenig Mittel zur Verfügung, trotzdem war ich der Meinung, dass man Großeltern nicht extra dafür bezahlen musste, damit sie Zeit mit ihren Enkeln verbringen.

Wie war das übrigens, als ich meine Mutter wirklich gebraucht hätte, direkt nach Mikes Tod und nachdem mein Vater knapp eine Woche nach der Beerdigung wieder verschwand? Meine Mutter kurz vor seiner Abreise zugesagt, bei mir im Haus zu übernachten, weil ich mich nicht imstande sah, alles allein zu bewältigen. Sie war nicht geblieben und nur so lange da gewesen wie mein Vater.

Nach ihrer Heimreise rief ich sie damals am Abend an und fragte sie, wann sie denn wiederkommen würde, und sagte ihr, wie sehr ich sie im Moment brauche.

Ihre Antwort darauf war, dass sie das nicht könne und ihre Ruhe brauche. Ich habe geweint und ihr gesagt, dass ich Angst hätte, es nicht zu schaffen, allein im Haus zu sein. Daraufhin hat sie sich erbarmt und kam dann für zwei Nächte zurück. Im Grunde genommen war das ihre Hilfe für mich – schwer erbettelt.

Ich war es müde, sie um mehr zu bitten. Als sie ging, habe ich zu ihr gesagt, sie könnte sich gern wieder melden, sobald sie sich in der Lage fühle, für mich da zu sein. Sie lenkte vom Thema ab und meinte, sie würde mir am nächsten Tag das Geld zurückgeben, dass sie sich ausgeliehen hatte. Darum ging es doch gar nicht, sondern darum, dass ich sie als Mutter gebraucht hätte. Seit Mikes Tod habe ich meine Prioritäten neu gesetzt. Das Wichtigste für mich war jedoch, dass es meinen Kindern den Umständen entsprechend gut ging.

Am nächsten Tag kam sie dann tatsächlich vorbei und gab mir einhundert Euro von den sechshundert Euro zurück, die sie sich bei mir ausgeliehen hatte. Ich bat sie natürlich ins Haus und wir setzten uns auf die Terrasse. Als ich ihr einen Kaffee brachte, sah sie mich an und teilte mir mit, sie sei gerade eben auf dem Gehrenbergturm gewesen. Dieser Turm ist zweiunddreißig Meter hoch und bietet eine Plattform mit traumhafter Aussicht über die Alpen und den Bodensee. *Herrlich!*, dachte ich. Ehe ich etwas erwidern konnte, fuhr sie fort: Sie habe springen wollen, denn sie könne nicht mehr. Sie würde einfach nicht mehr klarkommen mit dem Leben.

War das zu fassen? Mein Mann hatte sich gerade umgebracht und sie wollte sich ebenso nun das Leben nehmen. Im ersten Moment war ich fassungslos. Dann stand ich auf und ging zu ihr hinüber. Wie ferngesteuert fiel ich vor ihr auf die Knie, senkte meinen Kopf, legte ihn in ihren Schoss und ihre Hand darauf. Ich sagte immer wieder: »Ich bin die Kleine, du die Große. Mein Mann hat sich das Leben genommen und ich brauche dich als meine Mutter.« Sie weinte, hielt es kaum aus. Ich stand auf, blickte sie an und sagte: »Es ist ok. Wenn du dich umbringen möchtest, dann tu es. Ich konnte Mike auch nicht aufhalten. Wenn du meinst, das ist dein Weg, ist es ok.« Ich bat sie, mir einfach zu sagen, wann sie es vorhatte, damit ich mich vorbereiten könne. Dann bat ich sie, mein Haus zu verlassen und erst wieder zurückzukehren, wenn sie verstanden hätte, was sie da von sich gegeben hatte. Ich versuchte im Moment einfach nur, selbst am Leben zu bleiben – jeden Tag, vor allem für meine Kinder. Dieser emotionale Augenblick mit ihr war einer, in dem ich dennoch gern tot umgefallen wäre, um das alles nicht mehr ertragen zu müssen.

Beziehung mit Schattenseiten

Überall wo Licht ist, ist auch Schatten, und ich möchte auch die Schattenseiten meiner Beziehung mit Mike nicht ausblenden. Es gab genug anstrengende Phasen. Besonders mühsam war, dass er sich sehr stark von Geschehnissen und Personen um uns herum beeinflussen ließ. Das trieb mich manchmal regelrecht zur Weißglut.

Ein ziemlich unangenehmer Einfluss auf unsere Beziehung ergab sich durch das häufige Zusammensein mit Charlotte und James. Wir sind auch zusammen in Urlaub gefahren, was anfangs echt angenehm war, weil sich unsere Kinder gut verstanden. Laut Charlotte war James extrem eifersüchtig, was immer wieder zu Streitereien führte.

Das übertrug sich irgendwie auch auf meine Beziehung und Mike fand zunehmend Anlässe, mir zu misstrauen.

Charlotte arbeitete zu dieser Zeit in Blackwood, im Eagle, als Bedienung. Was für ein Zufall, dass sie ausgerechnet beim Schwager meiner Schwägerin angestellt war. Dort lernte sie, wie sich später herausstellte, den Mann kennen, mit dem sie schließlich eine Affäre begann. An einem Abend, als unsere Männer zusammen gegrillt und entsprechend getrunken hatten, kam sie nicht direkt von der Arbeit nach Hause. Stattdessen riefen sie gegen Mitternacht im Adler an, um Charlotte zu bitten, noch Bier mitzubringen. Sie war zu dem Zeitpunkt längst nicht mehr im Dienst. Merke: Egal was du versuchst, heimlich zu machen, es kommt am Ende doch heraus.

Ich war bereits zuhause und schlief, als mein völlig betrunkener Mann um ein Uhr nachts anrief und mich bat, loszufahren, um Charlotte zu suchen. Jackpot, klar – ich hatte ja sonst nichts zu tun mitten in der Nacht! Ich konnte nachvollziehen, dass er sich Sorgen machte: Er war in Sorge, ihr könne etwas passiert sein und man würde sie auf der wenig befahrenen Strecke erst am Morgen finden. So lange wollte er nicht warten und ich war im Moment schlicht die einzig nüchterne Person, an die er sich wenden konnte. Wenn das mal kein gutes Argument war.

Seit jener Nacht blieb James mehr als misstrauisch seiner Frau gegenüber. Mike fand seitdem, Charlotte sein kein guter Umgang für mich. Er meinte, der Umgang mit ihr färbe auf mich ab. »Ich will nicht, dass du so wie Charlotte wirst.« Schlussendlich spitzte sich die Situation zwischen uns mehr und mehr zu. Egal mit wem ich mich unterhielt: Rick, Luke, Massimo, Ian, William, Brandon oder sogar mein Bruder: Mike sah plötzlich in jedem Mann einen Konkurrenten und somit eine Gefahr für die Beziehung. Harmlos oder gar amüsant war sein Verhalten zu diesem Zeitpunkt schon lange nicht mehr.

Ich muss zugeben, dass ich Jahre zuvor einen Fehler begangen hatte. Ich hatte einen anderen Mann geküsst. Dazu kam es in einer Zeit, in der es zwischen Mike und mir alles andere als perfekt lief. Nach außen hin war die Fassade wie immer einwandfrei! Ich weiß, dass das keine Entschuldigung ist. Mein größter Fehler war allerdings, es ihm zu erzählen. War es wirklich ein Fehler? Wäre unser Leben ganz normal weitergelaufen, wenn ich es verschwiegen hätte? Abgesehen davon denke ich auch, er hat es gespürt. Außerdem bin ich im Lügen und Verheimlichen eine absolute Null, denn in meinem Gesicht kann man schlichtweg alles ablesen: Jede Stimmung, jedes Gefühl steht mir ins Gesicht geschrieben. Die ganze Sache führte schlussendlich dazu, dass wir eine Paartherapie gemacht haben, in der er mir auch verziehen hat. Jedenfalls hörte es sich in der Therapie für mich so an.

Davon abgesehen ging es in der Therapie noch um ganz andere Angelegenheiten. Ich glaube, der erste Riss in unserer Beziehung war mein Schwangerschaftsabbruch mit achtzehn. Mein Gefühl ist, er hat mir das nie ganz verziehen. Die Nachricht war für mich damals ein Schock. Ich hatte gerade meine Ausbildung zur Zahnarzthelferin abgeschlossen und in einer neuen Praxis angefangen – mit Probezeit natürlich. Durch die Schwangerschaft wäre mein Job weg gewesen. Ich hatte so ein Glück, durfte vieles selbständig machen und fühlte mich angekommen. Nach sechs Wochen stellte ich fest, dass ich überfällig war. Klar wusste ich, wie man verhütet. Mein Frauenarzt hatte mir sogar die Spirale gesetzt, obwohl ich noch keine Kinder hatte und erst achtzehn war. Leider verrutschte sie.

Ich fühlte mich komplett überfordert. Wie sollte ich das machen? Ich war noch nicht so weit, fühlte mich selbst noch nicht erwachsen und schon gar nicht in der Lage, jetzt ein Kind großzuziehen. Welche Sicherheiten konnte ich ihm bieten? Wir lebten damals in einer Ein-Zimmer-Wohnung. Ich wusste nicht, ob die Beziehung zu Mike halten wird. Auf dem Heimweg ging mir damals so viel durch den Kopf. Ich werde nie vergessen, wie Mike mir in unserer fünfundvierzig Quadratmeter kleinen Wohnung gegenüberstand, mich ansah und sagte: »Hey, was ist denn mit dir los, Schatz? Alles in Ordnung?«

Ich antwortete: »Nein, nichts ist in Ordnung, verdammt, ich bin schwanger.«

Er lief mir entgegen und ehe ich mich versah, wirbelte er mich durch die Luft. Er strahlte mich an und rief: »Wir bekommen ein Baby! Wir bekommen das schon hin.«

Ich sah ihn an und antwortete: »Ich kann das nicht, ich bin noch nicht soweit. Ich kann das Kind nicht bekommen.«

Lange Rede kurzer Sinn: Ich entschied mich schweren Herzens für einen Schwangerschaftsabbruch. Rückblickend bereue ich diese Entscheidung zutiefst! Heute, zwei Schwangerschaften und zwei Fehlgeburten später kann ich fühlen, wie früh Leben beginnt und wie schützenswert es ist! Mike hatte es akzeptiert, wie auch bereits bei seiner Freundin vor mir.

Es gab also einschneidende Erlebnisse in unserem Leben. Das Vertrauen zurückzugewinnen war nicht einfach – auf beiden Seiten.

Ich erinnere mich an eine ungute Geschichte, als ich mit Dylan schwanger war. Mike war bei der Firmen-Weihnachtsfeier und wie in den Jahren stellte ich mich als Chauffeur zur Verfügung. In dieser Nacht schlief ich so tief und fest. Als ich gegen fünf Uhr aufwachte, dachte ich zunächst, ich hätte seinen Anruf überhört. Ich versuchte, ihn zu erreichen. Er nahm ab. Ich sagte: »Hey Schatz, alles gut bei dir?« Er legte auf. Ich rief erneut an. Es wurde wieder abgenommen, dann aufgelegt. Ich rief ein drittes Mal an, er hatte sein Handy ausgeschaltet. Super Sache! Um elf Uhr teilte er mir telefonisch mit, er sei gleich zuhause. Er hat mir nie gesagt, wo er diese Nacht wirklich verbracht hat. Seine offizielle Version war, er habe bei einem Kollegen in Friedrichshafen übernachtet. Warum hatte er dann beinahe zwei Stunden gebraucht für einen Weg, der normalerweise fünfzehn Minuten in Anspruch nimmt? Wir sprachen nie mehr darüber.

In unserer Ehe war mit Sicherheit nicht alles perfekt, dennoch liebten wir uns. Erst gegen Ende hin wurde es immer schlimmer. In der Zeit vor der Musiknacht war Mike, wie bereits angedeutet, nicht mehr er selbst. Zu diesem Zeitpunkt war mir nicht wirklich bewusst, dass er schon wieder mitten in einer Depression steckte. Ich dachte, das sei wieder nur eine Phase, wie so viele, die wir immer gemeinsam gemeistert hatten. Doch dieses Mal war es anders!

Seine Eifersucht und die immer wiederkehrenden Unterstellungen, ich hätte einen anderen, wurden zunehmend zermürbend. Manchmal wünschte ich, es wäre so gewesen, dann hätte es nicht ganz so wehgetan. Ständig seine Vorwürfe und dann auch noch die Wutausbrüche bis hin zu Handgreiflichkeiten, wann immer ihm die Argumente ausgingen. Das war oftmals nicht zu ertragen. Während solcher Ausraster flog ich wahlweise gegen den Kleiderständer oder den Schrank. Einmal schob er mich rüde rückwärts durch den Flur. Ich landete beim Fallen so unglücklich auf dem linken Arm, dass der Knochen anbrach.

Die Version für unsere Freunde lautete, ich sei auf einer Eisplatte ausgerutscht. Die Jahreszeit gab das her. Es war nicht das erste und letzte Mal, dass er mir gegenüber handgreiflich wurde. Nach außen hin stets der liebevolle und perfekte Mike verlor er mir gegenüber hin und wieder die Kontrolle. Das will keiner hören, denke ich, aber es war so.

Als wir damals auf dem Heimweg vom Pfingstfest waren, gerieten wir in eine Diskussion über seine Mutter. Unser Dialog schaukelte sich langsam hoch. Plötzlich packte er mich unvermittelt und schleuderte mich auf den Gehweg. Ich fiel hart auf den Rücken und blieb erstmal liegen, weil ich keine Luft mehr bekam. Ein vorbeifahrender Wagen hielt an, ein Pärchen stieg aus. Sie fragten, ob alles in Ordnung sei oder ob sie die Polizei rufen sollten. Ich schämte mich und antwortete, es sei alles in Ordnung, ich sei nur gestolpert. Sie versicherten mir, ich brauche keine Angst zu haben, sie hätten gesehen, was passiert sei und würden bei Bedarf auch eine entsprechende Aussage machen. Ich verneinte dankend. Schlussendlich bin ich dann einfach schweigend hinter ihm nachhause gelaufen. Mike tat sein Verhalten leid, das wusste ich, auch wenn er es nie verbalisierte. Als ich mich danach meiner Mutter anvertraute, sagte sie zu ihm, sie würde ihn beim nächsten Mal anzeigen. Das hatte zur Folge, dass ich mir ihr nicht mehr anvertraute.

Wenn man sich erstmal in einer Abwärtsspirale befindet, dann richtig. Mike kontrollierte alles, was mich anbelangte. Das war theoretisch kein Problem, ich hatte nichts zu verbergen. Ich gab ihm freiwillig all meine Passwörter und somit hatte er jederzeit Zugriff auf all meine Accounts. Wie sollte ich da Geheimnisse vor ihm haben? Ich hoffte einfach, die Situation würde sich dadurch wieder entspannen. Facebook fand er doof, wie alles andere, was mit Internet zu tun hatte, auch. Wann immer ich mit meinen Freundinnen chattete, konnte es sein, er loggte sich unvermittelt ein und schrieb mitten in meinen Chat. Er fand das amüsant.

Es war anstrengend, ständig unter dieser Kontrolle zu leben. Also wandte ich mich hilfesuchend an unsere Familie: seine Tante, meine Mutter und auch an Freunde. Ich sagte ihnen, dass ich das nicht mehr aushalte und fragte um Rat. Als Antwort bekam ich: »Du bekommst das schon hin, du hast immer alles geschafft.«

Zum Teufel noch mal! Ich hatte um Hilfe gebeten, weil ich nicht mehr konnte und keinen Lösungsweg sah. Eines Tages im Februar platzte mir der Kragen. Ich knallte ich ihm unser Hochzeitsalbum auf den Tisch und insistierte, ich wolle den Mann zurückhaben, den ich mal geheiratet hatte. Ich teilte ihm mit, dass ich seine Kontrolle und seinen Argwohn nicht mehr aushalten würde. Er sollte sich Hilfe holen. Ich ging sogar so weit, dass ich ihn zum Psychologen schleppte. Er fand, ich sei diejenige, die nicht ganz dicht sei und Hilfe brauche, nicht er. Das war für mich zu viel des Guten!

Im März hatten wir in punkto Paarkonflikt unseren Höhepunkt erreicht. Wir saßen beim Mittagessen mit den Kindern und eins führte zum anderen. Er rastete wieder einmal aus heiterem Himmel aus und gab mir vor den Kindern eine Ohrfeige. Das war zu viel. Im Affekt stand ich auf und warf eine Schüssel nach ihm. Erst als die Schüssel schon in der Luft war, dachte ich daran, dass ich erst zwei Tage zuvor die Türzargen frisch gestrichen hatte. Als ich mich vom Tisch erhob um zu gehen, packte er mich am Arm und hielt mich zurück. Ich fuhr ihn an, dies sei das letzte Mal, dass er mich geschlagen habe. Ich würde ihn verlassen, wenn er weiterhin nicht bereit wäre, Hilfe von außen in Anspruch zu nehmen. Er holte erneut aus und mit dem nächsten Schlag landete ich auf dem Boden. Ich sei selbst schuld, ich hätte ihn schließlich provoziert. Eine Aussage, die ich mir bereits von Außenstehenden hatte anhören müssen. Sogar seine Schwester hatte das so formuliert, nachdem sie mitbekommen hatte, dass er mir gegenüber handgreiflich geworden war. Sie meinte, ich hätte ihn vermutlich so lange provoziert, bis ihm nichts anderes mehr übrigblieb, als mich zu schlagen. »Klar,« hatte ich damals geantwortet, »wenn eine Frau für sich oder ihre Meinung einsteht, muss sie akzeptieren, dafür eine gescheuert zu bekommen.« Immer war ich selbst schuld, das waren auch stets Mikes Worte. Und im Anschluss daran kam er mit der Standardansage, es täte ihm leid. Ich nahm seine Entschuldigungen immer an. Alles schien gut, doch mit jeder weiteren Handgreiflichkeit starb ein weiterer Teil von mir.

Im April feierten wir Dylans Erstkommunion und alles schien wieder auf dem richtigen Weg, dachte ich zumindest. Doch Menschen, die Depressionen haben, können perfekte Schauspieler sein. Niemand bekommt etwas mit, nicht einmal der eigene Partner. Am Tag der Kommunion lief alles toll. Ok, fast alles. Mikes Nichte Joana feierte am selben Tag Kommunion. Wir kamen auf die Idee, uns die Kosten für die Festlichkeiten zu teilen. So musste die Familie sich an diesem Tag auch nicht splitten. Joanas Mutter wollte lieber nur im allerengsten Familienkreis feiern und Joana sollte den Tag ganz für sich haben. Mike fragte verwundert: »Was sind dann wir?« Wie sich später herausstellte, war ihre Antwort bei seiner momentanen Gefühlssituation wenig förderlich.

Trotz allem verlief die Kommunionsfeier auch ohne sie positiv, bis zu dem Moment, als Mike beschloss, Schnaps zu trinken. Ella, meine Mutter und mein Vater waren später an diesem Abend noch bei uns. Wir unterhielten uns über die Feier und auch darüber, wie Mike sich mir und den Kindern gegenüber in den letzten Monaten verhalten hatte. Er wollte das nicht hören und schickte sich an, die Flucht zu ergreifen. Mit den Autoschlüsseln in der Hand teilte er mir mit, er fahre jetzt zu seiner Mutter. Da er nicht mehr ganz nüchtern und damit alles andere als fahrtauglich war, nahm ich ihm die Autoschlüssel aus der Hand und schickte ihn ins Bett. Mein Vater bemerkte dazu sarkastisch: »Das hast du echt toll gemacht, soeben hast du deinem Mann die Eier abgeschnitten.« So kann man einem _Fürsorglichkeit auch auslegen – autsch!

Am nächsten Morgen nahm mich Mike in den Arm und sagte: »Ich hoffe, ich war gestern nicht allzu böse zu dir, und danke, dass du mich ins Bett geschickt hast.«

Vier Tage vor der Musiknacht hatten wir wieder einen wunderbaren Streit. Wie so oft ging es um die Finanzen und dass er seiner Mutter schon wieder Geld geliehen hatte. Wir saßen gerade beim Mittagessen, als es eskalierte. Dylan schrie, wir sollten aufhören, wir wären schon lange keine richtige Familie mehr. Das saß! So eine Aussage deines achtjährigen Sohns. Wir hatten bei den ganzen Streitereien den Blick dafür verloren, wie sehr unsere Kinder darunter litten. Schreckliche Sache, denn wir wollten doch immer alles besser machen als unsere Eltern!

Mike sah Dylan an und sagte ihm, dass alles bald gut werde und wir eine Lösung finden würden. Sein genauer Wortlaut war: »Mama schlägt demnächst mit euch einen anderen Lebensweg ein.«

Ich sah ihn an und fragte ihn, was das schon wieder heißen solle. Ja, es stimmte, ich hatte mich auf eine neue Stelle beworben, da uns das Geld hinten und vorne nicht reichte und Mike bei Gott nicht noch zusätzlich am Wochenende arbeiten gehen konnte. Abgesehen davon wollte ich ja auch noch unbedingt ein drittes Kind mit ihm. Nach der jahrelangen Männerwirtschaft zu zuhause sehnte ich mich idealerweise nach weiblicher Unterstützung. Abends, wir saßen beide auf der Couch, unterhielten wir uns noch ziemlich lange und er ermunterte mich: »Du wirst dein drittes Kind noch bekommen.«

Juhu, dachte ich, *wir sind über den Berg, alles wird wieder gut. Er wünscht sich auch ein drittes Kind.*

Die Musiknacht stand an, wir freuten uns sehr darauf. In der Woche vor der Musiknacht rief meine Mutter an, sie sei krank und könne die Kinder nicht nehmen. Mike flippte aus: »Warum kann sie sich nicht EINMAL an Vereinbarungen halten?« Meine Mutter hatte sich schon oft herausgeredet, wahlweise mit Gesundheitsproblemen, unvermittelt anfallenden Arztterminen oder unangemeldeten Freundschaftsbesuchen. Ich war also eher amüsiert als überrascht. Ich bat ihn, sich nicht so aufzuregen, es sei doch nicht so schlimm. Er solle die Musiknacht genießen und ich würde zuhause bei den Kindern bleiben oder umgekehrt. Eine weitere Idee meinerseits war, dass alternativ seine Mutter das Sitten übernehmen solle. Das wollte er nicht, was mich ehrlich gesagt wunderte. Es war das erste Mal, dass er so dagegen war. Jetzt im Nachhinein ist mir klar warum. Ich wünschte meiner Mutter gute Besserung. Das muss auf wundersame Weise zu einer blitzschnellen Genesung beigetragen haben, denn zwei Tage später kam ihre Zusage fürs Wochenende. Damit stand fest: Der für mich damals noch geheime Plan meines Mannes, seinem Leben in jener Nacht ein Ende zu setzen, würde aufgehen.

Muss ich mich dafür wirklich entschuldigen?

Heute hatte ich wieder einmal eine nicht enden wollende Diskussion mit meiner Mutter. Bei uns gehörte das ja mittlerweile zum guten Ton. Kurzer Rückblick: Absprachen einzuhalten ist nicht gerade ihre Stärke. Mike war mittlerweile seit knapp über einem Jahr tot. Wir waren an Dylans Geburtstag in Thailand und es war wunderschön. Die Menschen dort erlebte ich als von innen heraus herzlich und zuvorkommend. Sie wirkten auf mich sehr zufrieden und wertschätzend für alles, was sie haben. Das kann ich von den Menschen in unseren Breitengraden nicht gerade behaupten. Mir scheint, bei uns gönnt der eine dem anderen nichts. Selbst nach Mikes Tod gab es tatsächlich Menschen, die neidisch auf mich waren und auf das, was ich mittlerweile erreicht hatte. Muss ich mich dafür wirklich entschuldigen, dass ich noch am Leben bin und für meine Jungs wieder ein ganz normales Leben aufbauen möchte? Es gab Tage, da wollte ich am liebsten vor den Zug springen und meinem Leben ebenfalls ein Ende setzen. Es ist nämlich nicht einfach, stark zu sein und weiterzumachen, wenn jemand, mit dem du dein halbes Leben verbracht hast, sich unwiederbringlich aus dem Staub macht.

Dylan feierte seinen Geburtstag nachträglich. Ich fragte ihn, wen er alles zu seiner Party einladen wolle. Er zählte auf: Oma und die Eltern meines neuen Freundes sowie Mikes Familie. Von Mikes Familie waren es nicht mehr allzu viele, die zu den Geburtstagen der Kinder kamen, seit ich in einer neuen Beziehung lebte. Ihnen ging das alles viel zu schnell und in ihren Augen war ich vermutlich ein undankbares Miststück.

Das letzte Mal, als ich mich mit Mikes Vater Raoul in Ravensburg getroffen hatte, wollte er von mir das Geld zurück, das er seinem Sohn zum Hauskauf geliehen hatte. Es handelte sich um viertausend Euro. Seine Worte waren: Er hätte jetzt das Trauerjahr abgewartet und wolle nun sein Geld zurück. Der einzige Grund für seinen Kontakt zu mir war also das Geld, traurig, aber wahr. Er meinte, er würde von diesem Betrag jeweils eintausend Euro auf die Konten der Kinder zurücklegen. Außerdem würde er mir fünfhundert Euro für den Grabstein geben. Sein gönnerhaftes Reden brachte mich innerlich in Rage: Fünfhundert Euro für den Grabstein seines Sohnes, der zweitausendfünfhundert Euro gekostet hatte. Und das Geld für die Kinder konnte ich selbst zurücklegen. Also wollte er doch am Ende nur, dass ihm die Witwe seines Sohnes wenigstens 1.500 Euro seiner Geldanleihe zurückzahlte – warum sagte er das nicht einfach geradeheraus?

Ich teilte ihm mit, ich könne ihm das Geld nicht geben. Zwei Tage später rief seine Partnerin an. Sie war stinksauer auf mich und wollte wissen, was ich mit Raoul gemacht hätte, er sei seit unserem Treffen fix und fertig. Warum, dachte ich bei mir? Etwa weil er die Leihgabe an seinen Sohn nicht von mir zurückbekam? Mikes Mutter, seine Ex-Frau, schuldete ihrem Sohn noch achttausend Euro. Samantha, Mikes Schwester, hatte mir eine Woche nach Mikes Tod ungefragt mitgeteilt, dass ihre Mutter das ausgeliehene Geld weder den Kindern noch mir zurückgeben müsse, jetzt, da er tot sei. Schließlich sei nichts Schriftliches festgehalten worden.

Mikes Mutter war ohnehin notorisch pleite. Das Geld hätte er nie mehr zurückerhalten, auch wenn er weitergelebt hätte. Mikes Vater fand, dass ihn nichts angehe, was seine Ex-Frau Mike schuldete, schließlich lebten sie nicht mehr zusammen. Seit Mikes Tod lebte ich mit meinem Mann unfreiwillig ebenfalls nicht mehr zusammen. Warum sollte ich jetzt die Einzige in dieser Familienrunde sein, die geliehenes Geld zurückgibt? Ich beschloss in einem Moment völliger Verzweiflung, dass mich diese familieninterne Verleihaktion ebenfalls nichts anging!

Nicht genug damit: Cindy, Raouls aktuelle Lebensgefährtin, meldet sich erneut zu Wort: Sie wüssten, für wie viel Geld ich das Haus verkauft hatte. »Schön!«, antwortete ich, »dann wisst ihr sicher auch, dass ich vom Verkaufserlös dreißigtausend Euro als Vorfälligkeitsentschädigung an die Bank bezahlt habe, die noch offenen Kreditschulden davon abgezogen wurden und die Kinder ihr Vorerbe erhalten haben. Außerdem bin ich eine alleinerziehende Mutter von zwei Kindern, die ein Vermögen kosten werden, bis sie groß sind. Jeder, der Kinder erzieht, kann ermessen, was sie bis ins Erwachsenenalter kosten.« In dem endlosen Diskussionsgelaber platzte mir schließlich endgültig der Kragen. Ich wurde zugegebenermaßen laut und rundete das Gespräch mit der Aussage ab, dass die Kinder und ich eine Erbengemeinschaft bildeten. Wenn sie also unbedingt das geliehene Geld zurückhaben wollten, sollten sie sich bitte für den Restbetrag an die Kinder wenden. Rechtlich gesehen würde jeder von uns dreien dann 1.333,33 Euro bezahlen. Das war wohl nicht das, was sie hören wollten. Cindy nannte mich unverschämt und überheblich fand, man müsse mich mal dringend auf den Boden der Tatsachen zurückholen. Tatsachen?

Nein, danke, dachte ich mir, *das muss sie nicht, da bin ich schon lange genug!* Ferner warf sie mir vor, dass ich die Kinder nur herausgeben würde, wenn ich Lust dazu hätte. Entschuldigung, aber Kinder sind doch kein Wechselgeld, das man auf Verlangen herausgeben muss! Vorangegangen waren zahlreiche Wünsche aus der Familie, Mikes Kinder hin und wieder bei sich zu haben. Grundsätzlich freut mich das sehr, so soll es sein!

Interessant ist, dass sich der Vorwurf lediglich darauf begründete, dass ich mir erlaubt hatte, für die alle Beteiligten eine Übersicht zu machen, wie die Woche der Kinder aussah: Ferien, Kindergartenfest, Schulfest und Fußballspiele. Ich hatte mir außerdem erlaubt, den ein oder anderen Tag festzuhalten, an dem ich dankbar wäre, wenn sie mich darin unterstützen würden, einfach mal nur Zeit für mich zu haben. Keiner sollte sich ausgeschlossen fühlen oder ohne Information dastehen. Es ging darum, dass ich es nicht mehr hören konnte: »Wir wussten ja nicht, dass Dylan ein Fußballspiel hat.« Ich habe es verdammt nochmal nur gut gemeint, wollte Missverständnissen vorbeugen und sie ausräumen.

Egal was man nach einer Trennung tut, es ist Auslegungssache. Zum Abschluss des Gesprächs wünschte ich ihr und Raoul ein frohes Weihnachtsfest und bat sie, sich den Kindern zuliebe zu überlegen, ob es den ganzen Stress tatsächlich wert sei. Das war das letzte Mal, dass ich etwas von ihnen gehört habe. Seither kommen nur noch Karten mit dem Vermerk: »Das Geld geht auf das Konto der Kinder.« Ganz ehrlich: Meine Jungs bräuchten vorrangig ihre Familie, nicht ein Konto.

Neuer Job, neue Liebe

Wenn sich eine Türe schließt, öffnet sich eine neue. Stellt sich nur die Frage, ob man zu gegebener Zeit dazu bereit ist, den entscheidenden Schritt zu wagen und herauszufinden, was hinter der neuen Türe wartet.

Als ich 2012 in der Zahnarztpraxis gekündigt habe, bekam ich von unserem Kinderarzt das Angebot, in seiner Praxis als Arzthelferin anzufangen. Warum nicht? Mir war es recht, so kam ich wenigstens für ein paar Stunden aus Sommerdorf heraus. Die Herausforderung und die Ablenkung kamen mir sehr gelegen. Ich fragte mich, ob ich mich mit dem Wechsel von Zahnarzt zu Kinderarzt nicht überfordere. Vielleicht war es ab und zu doch besser, auf altbekannten und gewohnten Pfaden zu bleiben. In meinem Fall war es im Nachhinein der richtige Weg, überhaupt weiterzumachen und nur nach vorne zu blicken. Mein neuer Chef stammte aus Afghanistan. Er war fachlich wirklich top und hatte einen für mich seltsamen Humor, der mir bis dato neu war. Was ich zu Beginn sehr befremdlich fand war, dass er uns Mitarbeiterinnen umarmte, wenn wir Feierabend hatten. Das war so seine Art. An einem Abend fühlte sich diese Umarmung für mich nicht gut an, weil er mir gleichzeitig einen Kuss auf die Stirn drückte. Da mag es unterschiedliche Sichtweisen geben, aber ich wollte das einfach nicht, immerhin war er mein Chef. Auch wenn er sich nichts dabei dachte, für mich und in meiner aufgewühlten Situation, war das zu viel des Guten. Zuhause angekommen schrieb ich die Kündigung und gab sie ihm am nächsten Morgen inklusive meiner Entscheidung, auch gleich meinen Resturlaub aufzubrauchen. Somit war das zugleich mein letzter Arbeitstag. Ich war ihm dankbar für die Chance, die er mir nach Mikes Tod gegeben hatte, doch diese körperliche Begebenheit empfand ich als massive Grenzüberschreitung.

Ich fühlte mich unvermittelt in der Zeit zurückversetzt, als ich sechs Jahre alt war. Ich kann mich noch genau an die Situation damals erinnern und an dieses Gefühl, nichts dagegen tun zu können. Die Wochen danach waren echt hart für mich gewesen, auch in der Schule. Die beiden Jungs hatten herumerzählt, was sie mit mir gemacht hatten. Ich habe mich so schmutzig gefühlt, am liebsten wäre ich gestorben. Die Einzige, die damals für mich da war, war Ina. Sie war seinerzeit doppelt so alt wie ich. Ich erinnere mich noch immer an ihr braunes Haar und den Pagenschnitt. Sie war die Einzige, die wusste, was wirklich passiert war und die mir zugehört hatte. Wir waren Kinder, was sollte ich machen, mir hätte doch niemand geglaubt, oder?

Meiner Mutter habe ich es nie erzählt, weil ich mich so geschämt habe und dachte, dass sie ohnehin keine Zeit zum Zuhören finden würde. Gefühlt hatte sie nie Zeit. Seit der Trennung von meinem Vater war sie damit beschäftigt, ihr Leben mit uns zwei Kindern auf die Reihe zu bekommen. Das war echt nicht leicht für sie. Ich sah das mit Kinderaugen und wollte sie nicht auch noch mit so etwas belasten.

Nun war ich erwachsen. Die Kündigung bestätigte mir das gute Gefühl, dass ich gehen konnte, wann immer ich wollte. Ich hatte mir damals als Kind geschworen, dass so etwas nie wieder passieren würde. Ich unterstelle meinem Chef keinerlei böse Absichten, das war einfach seine herzliche Art. Doch die war mir zu übergriffig aufgrund meines Traumas, das mir erst dadurch wieder in Erinnerung kam. Die Kündigung war für mich ein wichtiger und notwendiger Schritt. Nach wie vor ist mein ehemaliger Chef ein hervorragender Arzt für meine beiden Jungs.

Kaum hatte ich diese Türe geschlossen, auch ohne zu wissen, wie es weitergeht, erhielt ich den Anruf eines befreundeten Fotografen. Verrückt, oder? Vor zehn Jahren, als ich noch als Model aktiv gewesen war, hatten wir zusammengearbeitet. Damals hatte Duncan braunes, volles Haar und keinen Bart, nun trug er eine gut polierte Glatze und Vollbart. Er offenbarte mir, dass er die neue Werbekampagne für

Zeppelin machen würde und mich als Werbegesicht engagieren wollte. Megageil! Ich als neues Gesicht von Zeppelin! Wieso nicht?

Als Mädchen hatte ich immer davon geträumt, Flugbegleiterin zu sein. Jetzt stand ich zumindest einmal in diesem Bereich vor der Kamera. Weil es das Schicksal gut mit mir meinte, wurden aus einem Job unvermittelt zwei: In der darauffolgenden Woche hatte ich ein Vorstellungsgespräch bei Zeppelin und bald darauf unterschrieb ich meinen Vertrag als Flugbegleiterin. Frau Funke, die Marketing-Chefin, hatte das für mich organisiert. Sie fand ihre eigene Idee genial, mich als Werbegesicht UND als Mitarbeiterin zu beschäftigen. So kam ich zu meinem Traumjob. Was soll ich sagen? Ein tolles Gefühl, auf diese Weise da oben zu sein! Diese wundervolle Aussicht auf die Berge und die Wolken, dreihundert Meter über dem Grund.

In der ganzen Euphorie hatte ich meine enorme Höhenangst vergessen. Was machte ich hier bloß? Bei meinem ersten Flug wäre ich gefühlt beinahe gestorben vor Angst. Ja, es war tatsächlich ein Flug, denn das »NT« steht für »Neue Technologie«. Der neue Zeppelin fliegt, während der alte noch gefahren ist, da er schwerer ist als Luft. Ein Ballon hingegen, und dazu zählt der alte Zeppelin, fährt, weil er leichter ist als Luft. Das Fluggefühl mit dem Zeppelin muss man einfach selbst erlebt haben. Es ist beeindruckend, vor allem, wenn man einen Weg findet, die Höhenangst auszutricksen. Zu meinem Glück rede ich für mein Leben gern. Wenn man also da oben ist und nur am Reden und Erklären ist, dann vergisst man schließlich auch die Höhenangst. *Stell dich deinen Ängsten und wachse über dich hinaus, so kannst du alles erreichen,* war mein neues Motto.

Es konnte nicht besser laufen! Neben dem neuen Job schloss ich parallel meine vor Mikes Tod geplante Ausbildung zur Fitness- und Wellness-Trainerin ab. Ich entwickelte mich zur Streberin und wusste: Noch nie war mehr Anfang als jetzt!

Nutze die Chancen, die sich dir bieten, und finde heraus, was passiert. Warum? Wer will denn mit sechzig Jahren sagen: »Was wäre gewesen, wenn?« Ich für meinen Teil kann dann sagen: »Ich habe damals alles richtig gemacht für mich. Ohne den Job bei Zeppelin wäre ich außerdem meinem späteren Mann vermutlich nie begegnet.«

Zu Pfingsten 2014 schaffte ich schlussendlich die Trennung von Massimo. Es war nicht einfach, zumal ich mich das erste Mal im Leben von jemandem bewusst und selbst getrennt habe. Es fühlte sich besser an, als verlassen zu werden. Auf jeden Fall war es die richtige Entscheidung. Zuvor hatten wir sogar eine Paartherapie versucht, weil ich der Meinung war, dass die Kinder nicht schon wieder mit einer Trennung konfrontiert werden sollten. Leider hilft so etwas nicht in jeder Beziehung. Mit Mike hatte ich das auch schon gemacht und es nahm kein gutes Ende. Dennoch war es für mich stets wichtig diese Energie in meine Partnerschaft zu investieren. Ich konnte die Beziehung mit Massimo dadurch auf friedliche und freundliche Art beenden. Endlich hatte er verstanden, dass wir beide keine gemeinsame Zukunft haben würden. Die Therapeutin war echt gut. Sie schätzte unsere Situation bereits nach der ersten Sitzung sehr gut ein. Fazit: Wenn die Schwierigkeiten länger andauern, als man es aushält, suche man sich ein kompetentes externes Gehirn zum Austausch, dann hilft das allen Beteiligten und dem Prozess.

Ich war froh, als es vorbei war, denn ich wollte nicht länger von meinem Partner kontrolliert werden. Das hatte ich siebzehn Jahre lang unfreiwillig mit Mike »genossen«. Mein Fass war übervoll. Durch meine eigene Therapie wurde mir so einiges klar.

Im Nachhinein betrachtet, war es vor allem auch für meine Jungs wirklich viel besser so. Obwohl Massimo es nicht bewusst gemacht hatte, er konnte mit Dylan von Anfang an nichts anfangen. Bryan allerdings war sein Liebling. Der Kleine war erst drei Jahre alt und leichter abzuholen als Dylan, der seinen leiblichen Vater acht Jahre lang erlebt und vieles mitbekommen hatte. Für ihn war der Verlust gefühlt schlimmer, da Mike durch die Schichtarbeit viel Zeit mit ihm verbracht hatte. Gerade für Dylan war es deshalb umso wichtiger, ein gutes Gefühl vermittelt zu bekommen. Immerhin fühlte er sich unbewusst für den Tod seines Vaters mitverantwortlich. Er hatte seinerzeit einen Brief geschrieben, sei es aus Wut, Verzweiflung oder aufgrund eines anderen quälenden Gefühls, das ihn geplagt hatte, in dem er ausdrückte, dass er es nicht wert sei, geliebt zu werden und dass es besser wäre, wenn er ebenfalls sterben würde. Die Beschreibungen, wie er sterben wollte, waren für mich fürchterlich und beängstigend. Neun Jahre war er da alt, es hat mich fast zerrissen vor Schmerz. Dylan war, wie jeder normale Junge, kein großer Redner, schon gar nicht, was seine Gefühle anbelangt. Also hatte ich allen Grund, Angst um ihn zu haben.

An dem Tag, an dem Massimo auszog, sagte Dylan zu mir: »Ich bin froh, dass er weg ist.« Er erzählte mir von der einen oder anderen Situation, als ich bei der Arbeit und er unter Aufsicht von Massimo gewesen war. Dabei kamen Dinge zum Vorschein, von denen ich keine Ahnung gehabt hatte, wie etwa folgende Aussage: »Er hat mich auf den Boden gedrückt und mir weh getan.« Klar tat das weh, als Kind von einem Erwachsenen auf den Boden gedrückt zu werden. Ich dachte mir nur schockiert: *Warum hat er nichts gesagt?* Für einen kurzen Moment erinnerte ich mich an meine Geschichte, als ich sechs Jahre alt war. Ich hatte meiner Mutter damals ja auch nichts von dem Missbrauch erzählt. Mein Sohn hatte wie ich aus Rücksicht auf die Erwachsenen geschwiegen. Mir wurde klar, bewusst oder unbewusst, dass sich alles im Leben an irgendeinem Punkt wiederholt. Das ist dann spätestens der Zeitpunkt, wo es notwendig wird, genau hinzuschauen und endlich eine Lösung zu finden.

Der erste Schritt war getan. Wieder einmal war ich vollkommen konzentriert darauf, auf die Bedürfnisse meiner Kinder einzugehen und meine eigenen vorübergehend hinten an zu stellen. Ich war mit den Kindern und meinem kleinen, inneren Kind auf dem richtigen Weg.

Dylans verzweifelter Brief hatte mich damals dermaßen schockiert, dass ich ein Gespräch mit seinem Kinderpsychologen führte. Der meinte, es wäre besser, ihn für zwei Monate in der Psychiatrie behandeln zu lassen, jedoch wollte ich das nicht. Ich kannte meinen Sohn und empfand in keiner Weise, dass es ihn unterstützen würde, ihn aus der Familie zu entfernen – und sei es nur für kurze Zeit. Als der Psychologe mich allerdings fragte, ob ich dafür verantwortlich sein möchte, wenn er sich etwas antun würde, stimmte ich aus Angst zu. Ich fühlte mich schlecht. So als hätte ich alles falsch gemacht und als Mutter auf ganzer Linie versagt. Noch heute sitzt mir diese verworrene Psychiatrie-Geschichte im Nacken. Ich durfte Dylan nur noch von Samstag bis Sonntag mit nach Hause nehmen, den Rest der Woche war er in psychiatrischer Obhut. Mit dem Arzt hatte ich vereinbart, dass Dylan über Weihnachten und Neujahr durchgehend zuhause sein durfte, sonst hätte ich dem Ganzen niemals zugestimmt. Das war bei Gott keine einfache Zeit für uns. Bis heute bin ich ambivalent, was die Entscheidung anbelangt, meinen Sohn kaum ein Jahr nach dem Freitod seines Vaters in stationäre Behandlung zu geben. Aus heutiger Sicht würde ich mich dagegen entscheiden. Ich hätte mir gewünscht, dass ein kompetenter Therapeut mich darin unterstützt, eine kompetente Entscheidung zu treffen, anstatt mir einfach nur Angst zu machen. Angst ist niemals ein guter Ratgeber. Dylan sagt aus heutiger Sicht, er verstehe, dass ich das so entschieden habe, hätte sich aber gewünscht, zuhause bleiben zu dürfen.

Neben all dieser ungewöhnlichen Belastung lief der Alltag irgendwie weiter und die Arbeit auch. An mehr konnte ich nicht denken. Jede Form der Liebe, außer meiner Mutterliebe, schien nicht existent zu sein.

Doch die Liebe findet immer einen Weg. Es kam der Tag, an dem auch Amor einen Pfeil für mich übrighatte.

Im Dezember meinte Bea, unsere Event-Managerin bei Zeppelin, dass es endlich Zeit für einen

Mädelsabend sei. Ich hatte zu dem Zeitpunkt weder Energie noch Interesse an lustigen Eventabenden.

Es war Freitagabend, Ich saß bereits in Jogginghosen auf der Couch vor dem Fernseher. Um mich herum meine Kuscheldecke. Ich genoss die Ruhe. Das Telefon läutete. Am anderen Ende befand sich Bea. Sie forderte: »Mach dich fertig, ich hole dich in zehn Minuten ab!« Ohne meine Antwort abzuwarten, legte sie auf.

Keine Chance für einen Rückzieher – was also blieb mir anderes übrig? Auf nach Konstanz! Wir holten eine weitere Freundin Beas ab und fuhren ins Berrys. *Hoffentlich ist das nicht wieder so ein Kindergarten wie beim letzten Mädelsabend zu meinem Geburtstag in der Etage 1*, dachte ich so bei mir. Ich bin jetzt sechsunddreißig und das passende Publikum sollte mittlerweile mindestens Ende zwanzig sein.

Wir drei standen oben an der Bar weil man von dort aus den besten Überblick hat. Wir hatten Spaß, wir tanzten und beobachten. *Oh nein, bitte nicht! Nein, sprich mich bloß nicht an! Verdammt!* Meine inneren Dialoge halfen nichts. Er tat es. Warum spricht mich immer derselbe Typ Mann an? Mein Bedarf war gedeckt! Er meinte aalglatt: »Mein Gott, du bist so hübsch! Ich kenne das Problem, ich bin auch der Hammer! Wie sieht es aus? Sollen wir zwei Hübschen rausgehen?« Ich sah ihn an und antwortete, er solle doch schon einmal vorgehen, ich würde mit Sicherheit nicht nachkommen. Es tat mir wirklich leid, aber ich hatte gerade erst eine Beziehung mit einem Südländer hinter mir.

Im weiteren Verlauf des Abends blieb mein Blick unvermittelt an einem einssechsundneunzig großen Mann hängen. *Wow, Wahnsinn! Wieso, verdammt, spricht er mich nicht an?* Er sah so dermaßen gut aus, durchtrainiert, dunkles Haar, Drei-Tage-Bart, tätowiert, sympathisch: Ein Jackpot! Und vor allem ganz anders als alles davor. Mein Selbstwertgefühl setzte aus und mein innerer Kritiker meldete sich aufbrausend zu Wort: *Äh, hallo, Erde an Isabell, komm mal wieder runter! Du bist nicht sein Typ! Seit wann zum Teufel nochmal denkst du, dass du bei so einem Mann eine Chance hättest? Mach dich nicht lächerlich! Der hat ein ganz anderes Beuteschema. Schlag dir sofort dieses Prachtexemplar aus dem Kopf, dieser Mann spielt in einer ganz anderen Liga!* Eine andere innere Stimme konterte. *So, jetzt mal an alle Unruhestifter in meinem Kopf: Ruhe bitte! Wenn wir heute und ab sofort nicht anfangen, unsere Einstellung zu uns selbst grundlegend zu ändern, dann wird das nie etwas. Verstanden?! Schließlich findet auch ein blindes Huhn irgendwann das richtige Korn.*

»Isabell? Hallo!«, Bea stand direkt vor mir. »Kommst du mit?«

»Wie bitte? Wohin?«

»Wir gehen eine rauchen.«

Okay, warum nicht, ein bisschen Rauch und frische Luft würden meine Sinne ablenken. Der Weg nach draußen führte an ihm vorbei. Er wandte sich mir direkt zu. »Hey, was machst du?« »Ich gehe eine rauchen«, hörte ich mich antworten und dachte gleichzeitig: *Ich rauche doch gar nicht.* Im gleichen Atemzug stupfte mich meine innere Stimme triumphierend: *Hey, er hat uns angesprochen! Okay, bleib jetzt bloß cool und ganz ruhig! Jetzt bloß nicht blamieren!* Er folgte mir. Da standen wir nun im Raucherraum. Zum Glück hatte ich schon etwas getrunken, so konnte ich die Standard-Gesprächsthemen wie Arbeit, Familienstand, Kinder und so weiter relativ locker und doch konzentriert abhaken. Kinder hatten wir also beide. Aber er war Soldat, das beunruhigte mich, weil meine Gedanken nebenbei offensichtlich ein bisschen die Zukunft planten. *Ruhe da drinnen,* rief mein aufgeregt beobachtendes inneres Team zur Raison.

Dann kam von ihm die Frage aller Fragen: »Bist du Single?« »Ich bin Witwe«, hörte ich mich antworten. Er lachte und kommentierte: »Okay, cool!«

Wie bitte? Er sagte genau das, was ich jetzt brauchte. Endlich ein Mann, der nicht gleich zwei Schritte zurückging, betroffen schaute und sagte, wie leid ihm das täte. Meine sarkastische Standardantwort auf diese Form der Anteilnahme war mittlerweile: »Wieso, du hast ihn doch gar nicht gekannt.« Den Satz konnte ich mir zum ersten Mal sparen.

Meine Gedanken flogen in eine mögliche, gemeinsame Zukunft: Ich wollte sie nicht wieder einfangen! Seine Reaktion schien mir zu signalisieren, dass er kein Problem damit haben würde, wenn ich meine Trauerphasen durchlebte und über den Verlust reden wollte, ohne ständig das Gefühl haben zu müssen, dass ich jemanden damit verletzte. Ich war schließlich Witwe. Und er würde mein Anker sein. Es tat gut, dass für ihn nur Zahlen, Daten und Fakten zu zählen schienen, ohne dass er sie interpretieren musste.

Und Fakt war, dass wir wohl nie ein Paar geworden wären, wenn sein Freund, der ihn an diesem Abend begleitete, ihn nicht animiert hätte, mich anzusprechen. Bereits auf meinem Weg in seine Richtung hatte er ihn darauf hingewiesen, dass ich eine sei, die er seinen Eltern vorstellen könne. Vielen Dank an dieser Stelle! Auf der Tanzfläche hatten wir den ersten, intensiveren Blickkontakt.

Die Zeit verging so schnell. Wir waren am Reden, Tanzen und Lachen. Geknutscht haben wir auch. Du meine Güte, er küsste unglaublich gut! Mit ihm zu tanzen – ein Traum! Irgendwann stand Bea auf einmal neben uns: »Äh, ich will ja nicht stören, wir sollten los.«

Ausgerechnet in diesem perfekten Moment kam die Fahrerin – wie die unerwünschte Werbepause in einem spannenden Film oder der klebende Kaugummi unter deiner Schuhsohle. Ja, es war spät in der Früh, schade. Es kam wahrscheinlich auch seinem Freund gelegen, denn immerhin stand auch er den restlichen Abend allein am Rand der Tanzfläche, während Ethan und ich prickelnden Spaß hatten. Ethan fragte glücklicherweise noch nach meiner Telefonnummer. Ich bat ihn, seine Nummer in mein Handy zu tippen, schließlich wollte ich cool sein und die Kontrolle behalten. Innerlich war in jenem Moment vom Cool sein bildlich gesprochen ebenso weit entfernt wie der Nord- vom Südpol. Ethan tippte gleich auf Anrufen, somit hatte er auch meine Nummer. Das war's dann mit meiner Kontrolle. Er hatte den Coolness-Contest mühelos gewonnen und lächelte mich verschmitzt an: »Ich ruf dich zuerst an und dann bist du dran.« Nachdem wir im Auto saßen, vergingen keine zehn Minuten, bis mein Telefon klingelte.

»Hilfe! Soll ich da jetzt dran gehen?« Bea lachte: »Jetzt nimm schon ab.«

Ich hörte Ethans eindringliche Stimme am anderen Ende: »Wo bist du?«

»Na, auf dem Heimweg.«

»Ich will mit!«

Gänsehaut! Wie gerne wäre ich seiner Aufforderung gefolgt. Leider verbot mir das mein innerer Anstandswauwau: *Regel Nummer eins: Einen Mann nimmt man am ersten Abend nie mit nachhause!*

Zwei Tage später war ich mit den Kindern bei Brandon und Savana auf der Hütte in Österreich eingeladen. Wir hatten ausgemacht, dass wir Weihnachten zusammen verbringen würden. Seit Mikes Tod verbrachte ich die Feiertage lieber an anderen Orten als zuhause.

Während der Feiertage tippte ich mir die Finger wund. Ethan und ich schrieben uns so oft, dass Brandon und Savana kurz davor waren, mir mein Handy wegzunehmen. Es war ja wirklich unhöflich. Also schrieb ich nur noch unter dem Tisch weiter und war der Meinung, dass das weniger auffällt.

Am Silvestermorgen fuhren wir zu meiner Mutter. Ich hatte ihr versprochen, mit ihr Silvester zu verbringen, da wir zu Weihnachten nicht da gewesen waren. Um Mitternacht klingelte mein Handy, es war Ethan. Es tat so gut, seine Stimme zu hören. Er meinte, er wolle jetzt zu mir kommen. Klarerweise ging das nicht. Wir einigten uns darauf, uns am dritten Januar in Spillingen zu treffen. Es wurde schließlich Zeit, immerhin waren seit dem letzten Treffen bereits vierzehn lange Tage vergangen. Ich konnte seine Küsse immer noch auf meinen Lippen spüren. Vorfreude ist noch immer die schönste Freude, redete ich mir in meiner Sehnsucht nach ihm ein. Das half nicht viel!

Eine gefühlte Ewigkeit später trafen wir uns auf dem Neukauf-Parkplatz. Da standen wir nun. Beim letzten Mal ging es definitiv etwas lockerer zu zwischen uns, ein bisschen Alkoholeinfluss entspannt offensichtlich. Nüchtern betrachtet sah das Ganze immer noch so aufregend aus wie an dem Abend im Berrys.

Jetzt sag doch was!, verlangte meine innere Stimme.

Ethan lächelte mich selbstbewusst an: »Möchtest du was trinken?« Wir holten uns Tee und Kaffee beim Bäcker. Gut, dann konnte ich mich wenigstens an der Tasse festhalten. Ethan schlug einen Spaziergang am See vor.

»Klar, warum nicht?« Wir kamen ins Gespräch. Wenn ich nervös bin, neige ich dazu, ohne Punkt und Komma zu reden, um meine Unsicherheit zu überspielen Meine Lebensgeschichte gab genug Stoff her, die Unterhaltung am Laufen zu halten. Gleichzeitig warf ich ihm damit gleich einen ordentlichen Brocken hin, der viel über mich verriet. Während ich Luft holte, gelang es Ethan natürlich auch, das eine oder andere von sich zu erzählen. Ich glaube, ich ging damals gleich aufs Ganze – entweder er würde die komplette Geschichte hören und sich danach nie mehr melden, oder er verdaute das Gehörte und würde bleiben. Was soll ich sagen, er blieb! Wir trafen uns zwei Tage später erneut am gleichen Ort. Als wir diesmal am Schluss noch im Kofferraum des Touran saßen, kam das Gespräch dann doch zum Stocken. Meine Nervosität stieg exorbitant.

Ethan sah mich intensiv an und fragte mich einfach: »Willst du einen Kuss?«

Ich antwortete mit meiner letzten Selbstbeherrschung: »Nein, das hatten wir ja schon am ersten Abend.«

Doch ehe ich irgendetwas Weiteres sagen konnte, hatte er mich unvermittelt an sich herangezogen und mich sehr anstandslos geküsst. Wir vereinbarten, dass er in den nächsten Tagen zu mir kommen würde, wenn die Kinder bei meiner Mutter wären.

Dann kam der Tag. Unvorstellbar, wie aufgeregt ich war. So nervös war ich das letzte Mal, als ich mein erstes Mal hatte. Das war so peinlich! Ich war sechsunddreißig und fühlte mich wie eine sechzehnjährige, die gleich mit einem siebenundzwanzigjährigen ein Rendezvous haben würde. Ethan dachte vermutlich, ich würde ihm auf der Stelle einen Heiratsantrag machen wollen, als er die Wohnung betrat. Ich hatte völlig übertrieben mit meinen vierzig Kerzen. Woher hätte er denn wissen sollen, dass ich das im Winter des Öfteren tat? Über das, was dann geschah, legen wir den wohlwollenden Mantel des Schweigens. Anderes Genre. Nur so viel: Es war wunderschön!

Beschädigte Ware trifft Totalschaden

Ethan hatte sich vor einiger Zeit von seiner Freundin getrennt. Selbst nach einer Trennung ist es oft nicht einfach, auf der Elternebene gut auszukommen, offen und klar zu kommunizieren und an einem Strang zu ziehen, wenn es um die Kinder geht. Es ergeben sich meist andere Probleme als noch während der Beziehung.

Was soll man machen, wenn ein Partner mit der Beziehung abgeschlossen hat und der andere Partner weiterhin eine fiktive Beziehung weiterführt, obwohl es vorbei ist? Jede Trennung ist mit Schmerz und Kränkung verbunden und oft ist es schwierig für Erwachsene, das Ganze nicht auf dem Rücken der Kinder auszutragen. In vielen Fällen geht es nur noch über Rechtsanwälte oder der Kontakt wird einfach endgültig abgebrochen. Wer letzten Endes darunter leidet, sind die Kinder.

Am Ende einer Liebe geht es oft nur noch darum, seine Macht gezielt zu demonstrieren, den anderen zu verletzen, ihn für die Trennung zu bestrafen oder eigene Interessen durchzusetzen. Wenige Menschen beenden ihre Beziehung rechtzeitig, zu einem Zeitpunkt, an dem noch kein Hass im Spiel ist und ein freundschaftliches Miteinander möglich bleibt, im Idealfall auch ein gemeinsames Eltern-Sein.

Ethan und ich haben mittlerweile, nach rund sieben Beziehungsjahren längst den Worstcase geplant: Wenn wir uns heute trennen würden, wäre schon geklärt, das Finanzielle, wer das Haus bekommt und dass er künftig für die Kinder ansprechbar bleibt. Bis vor kurzem war diese Liste vollständig – mittlerweile erwarten wir ein gemeinsames Kind!

Doch wieder zurück: Es war ja nicht so, das Ethan nicht zu Wort kam, als wir unseren

ersten gemeinsamen Spaziergang hatten. Er hatte mir damals von der gescheiterten Beziehung mit Evelyn, der Mutter seines Sohnes, erzählt. Wenn ich ihn richtig verstanden habe, wollte er niemals heiraten und auf keinen Fall Kinder in die Welt setzen. Schwierig wurde es für ihn, als seine Partnerin ohne seine Kenntnis die Pille abgesetzt hatte. Entsprechend fiel er aus allen Wolken, als er erfuhr, dass sie schwanger war. Das hatte nicht zu seinem Plan gehört. Ethan meinte, wenn er das geahnt hätte, wäre ohne Kondom nichts gelaufen. Ich war nicht dabei, ich halte mich da raus. Das ist eine Sache zwischen den Beiden, was wirklich vereinbart wurde und was nicht. Wäre ich ein Mann, würde ich immer ein Kondom benutzen oder mich sterilisieren lassen, wenn ich partout keinen Nachwuchs möchte. Das mit dem Vertrauen in einer Beziehung ist so eine

Sache. Es gehören immer zwei Personen dazu, dementsprechend liegt auch die Verantwortung gleichermaßen auf beiden Seiten.

Frauen können manchmal seltsam sein, da spreche ich aus eigener Erfahrung. Seine damalige Partnerin hatte ausschließlich seiner besten Freundin ihren Kinderwunsch anvertraut und ihr von dem Plan erzählt, wie sie ihn sich erfüllen wollte. Damit war der Loyalitätskonflikt perfekt und seine beste Freundin informierte ihn letztendlich über den geheimen Plan. Wer weiß, vielleicht war das ja sogar von Evelyn beabsichtigt. Auf diese Aktion folgte natürlich eine Reaktion, denn für Ethan war das ein massiver Vertrauensbruch. Sie waren gerade einmal ein Jahr zusammen, als sie schwanger wurde. Trotz der ungünstigen Entwicklung bemühten sie sich um eine gemeinsame Wohnung. Eigentlich hat sein Vater die Situation entschärft, indem er Ethan eine Wohnung kaufte. Als Logan dann geboren wurde, lief es ohnehin schon nicht mehr gut zwischen den beiden. Allerdings versuchten sie Logan zuliebe weiterhin, die Beziehung aufrechtzuerhalten.

Nach einem halben Jahr zog Evelyn schließlich mit Logan zu ihrer Mutter und forderte eine vorübergehende Beziehungspause. Vielleicht hatte sie im Stillen gehofft, Ethan liefe ihr nach und hole sie und seinen Sohn zurück. In wie vielen Fällen klappt so was tatsächlich?!

Er war jedenfalls froh, dass sie weg war. Endlich konnte er wieder frei durchatmen. Ein paar Wochen später war es allerdings Evelyn, die unbedingt wieder zu ihm zurückwollte. Doch in Wahrheit war der Zug schon an jenem Tag abgefahren, als sie heimlich die Pille abgesetzt hatte. Kurz nach der Trennung von Evelyn lernte er seine nächste Freundin kennen, von der er sich eineinhalb Jahren später wieder trennte. Da waren sie dann nämlich wieder, die zwei k.o. Kriterien: Sie wollte unbedingt zusammenziehen, heiraten und Kinder haben. Zusätzlich gab es regelmäßig Stress mit Evelyn. Der klassische Vorwurf: Er kümmere sich zu wenig um seinen Sohn. Dieser Mann war bis zu einem gewissen Grad traumatisiert, was Beziehung anbelangte. Beschädigte Ware also. Und dann traf er mich: den Totalschaden in Sachen Beziehung. Kurz gesagt: Beschädigte Ware trifft Totalschaden!

Schließlich kam für ihn also der Tag, an dem ich seinen Sohn kennenlernen sollte. Wenn ich sage, ich war nervös, untertreibe ich. Logan war süße drei Jahre alt, hatte dunkelbraunes Haar und braune Augen. Der Kleine war unverkennbar Ethans Sohn. Der Plan war, zu McDonald's zu fahren, um Pommes zu holen, das war nämlich ein kleines Ritual der beiden. Der Spielplatz vor dem Restaurant war die erste Station. Die Rutsche hatte es Logan besonders angetan, er musste einfach hinauf, schlecht nur, dass er alleine nicht mehr herunterkam.

Ethan stand daneben und ermunterte ihn: »Das bekommst du schon hin«, typisch Mann oder Vater eben. Ich hingegen konnte mir das nicht mitansehen und kletterte hinauf zu Logan, um ihn von oben zu unterstützen, typisch Frau oder Mama eben. Als wir nach gelungener Aktion zum Essen gingen, legte Logan unvermittelt seine kleine Hand in meine.

»Wow!«, sagte Ethan, »das hat er noch nie bei jemandem getan.« Auch beim Essen saß Logan neben mir und als ich auf Toilette wollte, fragte er besorgt, wo ich hinginge und wann ich wiederkäme.

Ein paar Wochen später verabredeten wir uns dann mit seinen Eltern zum Eis essen. Allerdings waren wir zu diesem Zeitpunkt offiziell noch kein Paar. Unsere Beziehung lief quasi noch unter der Kategorie: »Gute Freunde mit besonderen Vorzügen«. Mir war das zu diesem Zeitpunkt egal, ich fühlte mich rundum wohl und wollte das genießen, solange es dauerte.

Ethans Eltern sind eine Klasse für sich.

Henry war Kommissar, fünfzig, sportlich, mit mittellangem, graumeliertem Haar und blaugrauen Augen. Er überragte mich um zwei Kopflängen. Er war ein Ass in Sachen Finanzen und auch in anderen Dingen behielt er gern den Überblick.

Emely war neunundvierzig, einsneunundsechzig groß. Ihre Augen leuchteten, als sie mich ansah. Ihr Haar trug sie kurz. Ihre Haarfarbe variierte je nach

Stimmung. Einen besonders interessanten Kontrast zu ihren braunen Augen schuf sie in ihrer Pink-Blau-Phase. Aktuell war sie blond. Wenn Emely etwas sagte, dann gab es kein Nein, vor allem nicht, wenn es um das Bezahlen ging. Mit ihrer natürlichen Autorität hatte sie uns alle fest im Griff.

Wenn ich heute daran zurückdenke, weiß ich, es hätte nicht besser laufen können. Logan mochte mich, seine Eltern fanden mich augenscheinlich auch sympathisch und das Beste an der Sache war: Dylan und Bryan akzeptierten Ethan vorbehaltlos. Ein perfekter Start in ein neues Leben.

Der Zahn der Zeit – Karies in der Ex-Beziehung

Vier Monate später starteten Ethan und ich in unseren allerersten Paarurlaub. Wir flogen nach New York. Mit sechsunddreißig Jahren erfüllte ich mir endlich meinen Teenager-Traum. Damals wollte ich unbedingt für ein Jahr als Au pair in die USA. Damals war ich allerdings bereits mit Mike zusammen. Für ihn wäre das ein Trennungsgrund gewesen, mich so lange zu entbehren. Also strich ich meinen Traum und blieb daheim.

Die Idee, ausgerechnet nach New York zu fliegen, kam uns, als ich meine Begeisterung über das riesige New York Bild über seiner Couch kundtat. Ich hatte mich sofort verliebt. Da wollte ich schon immer hin, nur eben nicht alleine! Ich musste Ethan nicht überreden und so starteten wir also. Stopp, da fehlt doch etwas: Was passierte mit den Kindern, werdet ihr fragen. Sie blieben gut versorgt bei meiner Mutter und freuten sich auf die mamafreie Zeit. Das war gleichbedeutend mit: Schokolade, bis der Arzt kommt, stundenlange Medienexzesse und keinerlei typische Mama-Sanktionen.

In New York angekommen, war alles wie ein Traum. Mr. Right und ich mitten in meinem Traum! Die acht Tage gingen leider viel zu schnell vorbei. Wir erkundeten alles zu Fuß, um nichts zu verpassen: Auf dem Weg vom Hotel in Richtung Times Square kamen wir an der »Church-Gym« vorbei, einem Fitnessstudio inmitten kirchlicher Gemäuer. *Sowas wäre bei uns nicht machbar*, war mein erster Gedanke, bedauerlich eigentlich. Unser Weg führte uns weiter zum Ground Zero. Am Denkmal kamen mir unvermittelt die Tränen, angesichts all der persönlichen Tragödien, die sich dort abgespielt haben und die noch immer greifbar schienen. Anschließend ging es weiter zur Brooklyn Bridge und über die Wallstreet in den Central Park. Das Gefühl, dort inmitten all der Menschen die Stadt zu erkunden, vermag ich nicht in Worte zu fassen. Trotz der Massen rempelte niemand irgendjemanden an. Alles war geprägt von Geschäftigkeit und gegenseitigem Respekt. Übrigens: Die New Yorker sind ehrliche Menschen: Auf einer öffentlichen Toilette im Baumarkt hatte ich mein i-Phone liegen lassen. Rund fünf Blocks später bemerkte ich mein Missgeschick. Was soll ich sagen: Als ich zurückkam, lag mein Handy unberührt am Waschbecken! Nachdem mein Adrenalinspiegel sich wieder beruhigt hatte, genehmigten wir uns eine Bootstour. Das Rockefeller Center bei Nacht war schlichtweg beeindruckend und auf dem Empire State Building genossen wir den Blick über die Stadt. Ich würde vermutlich heute noch dort oben stehen, wenn Ethan mich nicht nach einer Stunde wachgestupst hätte. Wenn man eine solche Aussicht hat, möchte man jeden Moment genießen und in die Länge ziehen. Fragt nicht nach meinen Füßen, sie meldeten sich nach all den Stunden unterwegs überdeutlich. Aber ich hab's gemacht: Stilecht und Modelerprobt bin ich in Laufstegmanier in High Heels über den Times Square stolziert. Dafür nahm ich doch gerne zwei Tage schmerzende Füße in Kauf. Man macht sowas vielleicht nur einmal im Leben.

Am letzten Tag kam was kommen musste: Wir shoppten Souvenirs! Keiner wurde vergessen – wirklich niemand! Sogar die Mutter seines Sohnes wurde bedacht. Nach kurzer Verwunderung erklärte ich mir, dass die beiden vielleicht trotz Trennung noch eine gute Elternbeziehung zueinander hatten. Sollte sie doch die New-York-Tasse haben, ich hatte ihn! In acht Tagen Urlaub auf engem Raum lernt man sich zwangsläufig kennen. Ethans Englisch hatte starkes Potenzial nach oben – er konnte also nicht mittendrin weglaufen. Unausgesprochen wurde klar, wir passten zusammen und wir würden zusammenbleiben. Gut, dass unsere Eltern, Freunde und Bekannten offensichtlich schon vor New York wussten, dass wir ein tolles Paar wären – spätestens jetzt wussten wir es auch.

Ein paar Wochen später feierte Ethans Mutter ihren fünfzigsten Geburtstag. Wer jetzt mitgerechnet hat, könne sich wundern, wieso seine Mutter noch so jung ist. Ich war sechsunddreißig, als ich Ethan mit seinen siebenundzwanzig Jahren kennengelernt habe – ja wir haben eine sehr moderne Altersstruktur. Vorbilder wie Heidi Klum können ein Lied davon singen!

Vor der Feier besuchten wir mit den Kindern den Tier- und Freizeit-Park in Allensbach. Es war herrlich! Die Jungs und wir hatten eine Menge Spaß. Dylan hatte längst die Rolle des großen Bruders übernommen. Er hatte Logan und Bryan voll im Griff. Es war so schön zu sehen, wie gut sie sich verstanden. Ethan und ich saßen auf der Parkbank und schauten ihnen zu, wie sie über die Wiese sprangen. Ethan war gerade mit dem Handy beschäftigt, denn wann immer Logan bei ihm war, wollte Evelyn mindestens drei bis vier Mal am Tag wissen, was sie gerade unternahmen und ob alles in Ordnung sei. Dabei fiel mir wieder einmal auf, dass sie ihm immer diese Herz-Kuss-Emojis schickte. Abgesehen davon hatte sie ihm in letzter Zeit zunehmend Fotos gesendet, auf denen sowohl sie als auch Logan zu sehen waren. Gut, Fotos vom Kind, das konnte ich verstehen, die inflationäre Zunahme von Fotos, auf denen zusätzlich auch sie zu sehen war, fand ich jedoch befremdlich.

Isabell, halt dich raus, redete ich mir ein, *die beiden haben einfach eine gute Elternbeziehung und verstehen sich gut. Bleib bitte bei dir, das geht dich nichts an, du hast genug mit deinen Jungs zu tun.* Ich konzentrierte mich also darauf, dieses Thema nicht anzuschneiden und wer mich kennt, weiß, wie schwer mir das fiel. Gut, wer mich kennt weiß, das schaffe ich ohnehin nicht: »Äh, Ethan, bist du dir sicher, dass sie weiß, dass es zwischen euch beiden vorbei ist?« Er schaute mich an: »Inwiefern?« Na toll, die beste Antwort, die man geben kann, wenn man keine Antwort geben will. Sie provoziert, dass der andere sich erklären soll, also ich: »Na, weil sie dir schreibt und Fotos von sich schickt und ständig diese Herz-Emojis beifügt. Mir kommt es eher so vor, als würde sie denken, ihr wärt noch ein Paar.«

Ethan lachte herzhaft: »Nein, sie weiß natürlich, dass es vorbei ist.«

Logan, Dylan und Bryan würgten unsere Kommunikation harsch ab. Sie wollten unbedingt und sofort Bahn fahren. Damit war mein Thema beendet. Ich ärgerte mich über mich selbst, weil ich in so eine komische Stimmung kam und mich dann Dinge aufregten, die mich eigentlich unberührt lassen sollten. Ich war doch dabei, mich weiterzuentwickeln, aber so manch altes Muster schien hartnäckiger zu sein als mein Wille.

Auf dem Weg zu seiner Mutter erfuhr ich beiläufig, dass heute auch Evelyn dort sein würde, um Logan abzuholen. *Wunderbar, dann kann ich sie nun endlich persönlich kennenlernen*, dachte ich.

Evelyn und Ethans Eltern saßen bereits auf der Terrasse, als wir ankamen. Das war sie also leibhaftig, die Ex-Freundin und Mutter seines Sohnes. Sie trug kurzes schwarzes Haar, war üppig tätowiert und gepierct. Die Situation mutete befremdlich an. Es war dieses Gefühl, wie wenn man das erste Mal auf eine bis dato fremde Person trifft und sofort spürt, dass dieser Person etwas klar wird, das ihr nicht gefällt. Evelyn hatte mich bislang immer als eine vorübergehende Erscheinung in Ethans Leben bezeichnet. Er solle Logan nicht ständig seine neuen Bekanntschaften vorstellen, hatte sie Ethan angewiesen. Ich spürte: Jetzt wurde ihr mit einem Mal bewusst, dass da mehr zwischen uns war. Ich sah es an dem Blick, mit dem sie mich taxierte, als ich ihr die Hand zur Begrüßung reichte. Ihr entgleisten sprichwörtlich die Gesichtszüge. Ich versuchte einfach, neutral und ungefährlich zu wirken, quasi wie die personalisierte Schweiz. Keine Ahnung, ob mir das gelang.

Ethan wurde die Situation sehr schnell zu viel, keine Ahnung warum. Er wurde mit einem Mal blass und wollte nur noch weg. Er nahm mich zur Seite und fragte, ob es okay für mich sei, wenn er jetzt zum Training ginge. *Aha, er will also nur sich selbst retten, nicht auch mich!* Ich fühlte mich gelinde ausgedrückt nicht gut. »Klar, ist das in Ordnung«, hörte ich mich sagen. Sport hilft beim Abschalten. Allerdings blieb ich nun allein mit seinen Eltern, den Kindern und seiner Ex-Freundin auf der Terrasse zurück. Da hätte er mich gleich wie ein Stück stinkenden Käse auf den Tisch legen können, den anderen zum Fraß ausgeliefert, ohne Möglichkeit auf Rückzug. Kein Gesellschaftssport, auf den ich Lust hatte! Mieses Timing für seine Sporteinheit, fand ich. Viel lieber hätte ich uns alle eingepackt, wäre geflüchtet und hätte die Familienzusammenkunft auf ein anderes Mal verschoben. Ethan schickte mir später eine Nachricht: »Sorry!«, fasste er seine Flucht zusammen. Na toll, damit ist alles gesagt, oder wie? Ich verstand nur noch Bahnhof. Drei Stunden später beehrte er die Runde mit seiner Rückkehr. Logan und Evelyn waren in der Zwischenzeit nach Hause gegangen. Gutes Timing, zugegeben.

Wir fuhren ebenfalls bald nach Hause. Als die Kinder im Bett waren, wagte ich erneut einen Vorstoß und bat Ethan um ein Gespräch. Er erklärte mir, dass er mit Evelyn keine zehn Minuten an einem Tisch aushalten würde. Das war der Grund für seine Flucht. Da schwand nun meine Vorstellung von der perfekten Elternbeziehung zwischen den beiden. Es gab tatsächlich noch einige Themen, wo es an Klarheit fehlte.

Ich konnte das Nachbohren nicht lassen. Während unseres Gesprächs kam vieles an die Oberfläche, unter anderem auch, dass sie ihm an seinem letzten Männerabend vor wenigen Wochen über den Weg gelaufen war und Avancen gemacht hatte, ihn ins Bett zu bekommen. Sie meinte, es bräuchte ja niemand erfahren. *Unverschämt!* Auch hatte sie Einwände, dass ich mit den Kindern zugegen war, wenn er Logan hatte. Das kam nicht oft vor, da Ethan seinen Sohn gerade einmal alle drei Wochen samstags und jeden Sonntag für drei bis vier Stunden bei sich hatte. Ich wollte den beiden ohnehin ungestört Raum lassen. Zudem wäre mir der straffe Zeitplan oft zu stressig gewesen und ich wollte mit den Kindern etwas ohne Zeitdruck und Organisationsstress unternehmen. Abgesehen davon musste Logan in der kurzen Papa-Zeit noch eine Stunde Mittagsschlaf unterbringen.

Mir wurde zunehmend klar, dass Ethan seine eigene Strategie entwickelt hatte, es auf seine Art allen recht zu machen. Manchmal war ich sauer, weil er seine Pläne einfach umsetzte, ohne mich einzubeziehen. Sogar während unseres Gesprächs schaltete sich Evelyn ein. Es kam eine Nachricht voller Vorwürfe an ihn: Was ihm eigentlich eingefallen sei, mich mit zu seinen Eltern zu nehmen, ohne sie vorher darüber zu informieren. Und ob er sich wirklich sicher sei, diese Verantwortung mit mir und den

Kindern übernehmen zu wollen. Später erfuhr ich, dass Evelyn seit Ethans Trennung von seiner letzten Freundin immer wieder Anstalten gemacht hatte, ihn zurückzugewinnen. Klar, dass ich ihr da sehr ungelegen kam.

Am Geburtstag seiner Oma, die ich nun kennenlernen sollte, setzte Ethan mich und die Kinder vor dem Altersheim ab, in dem sie mittlerweile wohnte. Er würde noch schnell seinen Sohn abholen und nachkommen. Da stand ich also mit meinen zwei Jungs und sollte eine mir völlig fremde Frau besuchen. *Nein, so was macht man einfach nicht*, rechtfertigte ich mich gedanklich für mein aufflammendes Gefühl von Ärger. Es half nichts.

Erst im Nachhinein erklärte mir Ethan, dass Evelyn wieder Mal Theater gemacht hatte, wie jedes Mal, wenn wir drei beim Abholen von Logan dabei sein würden. Um dem aus dem Weg zu gehen, hatte er uns vorab abgesetzt. Typisch Mann: ohne jede Erklärung vorab! Das war wohl sein Weg, unangenehmen Situationen auszuweichen, ohne sich erklären zu müssen. Er konnte nicht wissen, dass er mich dadurch in überaus unangenehme Situationen brachte. Ich habe ja auch nichts dazu gesagt, ich war zu perplex.

Während wir uns an diesem Abend unterhielten, lernten wir wieder einiges übereinander. Gezielte Aussprachen helfen einfach, mehr über die gegenseitigen Bedürfnisse zu erfahren.

Ich dachte immer, eine Patchwork-Familie zu sein, sei längst gang und gäbe und vom Prinzip her einfach, wenn auch organisatorisch eine Herausforderung. All das war es auch, nur hatte ich vergessen, dass bei so vielen Rädchen im System sich auch alle gemeinsam drehen müssen, um ein Funktionieren zu ermöglichen.

Was sollte man tun, wenn ein Partner über die Trennung hinweg war und das Neue akzeptierte und lebte, während der andere Partner noch immer in der Vergangenheit festsaß und sich Neuem verschloss?

Das erste Jahr mit Ethan ging schnell und ereignisreich vorbei: New York, die Diagnose Hautkrebs bei Ethans Vater, der Nervenzusammenbruch seiner Mutter und die zunehmenden Schwierigkeiten mit Evelyn. Das alles kann auch das stärkste Pferd umhauen.

Besonders belastend für Ethan war, dass Evelyn ihn vor die Wahl stellte, seinen Sohn entweder seltener mitzunehmen oder ihn öfter in ihrer Obhut zu sehen, solange es ihm nicht gelänge, alles an den Besuchstagen zu ihrer Zufriedenheit zu gestalten. Zeitweise verbot sie ihm, mit Logan seine Eltern zu besuchen. Sie wolle, dass der Sohn seine Zeit explizit mit seinem Vater verbrachte und dass dieser die Verantwortung nicht auf andere übertrug. Wenn ich sie richtig verstand, wollte sie einfach die Kontrolle über alles und jeden, anstatt ihrem Sohn zu gestatten, einen unbeschwerten Tag mit seinem Vater zu verbringen und dabei auch regelmäßig Kontakte zur Familie zu pflegen. Logan litt ohnehin unter der Trennung der Eltern. War es denn wirklich so schwierig, zu seinem Wohl auf der Elternebene zu bleiben? Auch wenn die Paarbeziehung zu Ende war, das waren sie ihrem Sohn schuldig! Wann immer ich das mitbekam, rief ich mich zur Raison und machte mir klar, dass das nicht meine Baustelle war. Ich musste es ihnen überlassen.

Es war schön zu sehen, dass die drei Kinder sich untereinander wirklich gut verstanden. Klar gab es von Logan mal den einen oder anderen Spruch, wie: »Das ist mein Papa!« oder »Ich bin jetzt bei MEINEM Papa!« Ich beruhigte ihn dann jedes Mal und bestätigte ihm, dass sein Papa immer SEIN Papa war und er würde für ihn immer die Nummer eins sein, egal, was passierte. Dylan und Bryan versicherten ihm immer wieder, sie würden ihm seinen Papa nicht wegnehmen. Wir wären jetzt einfach eine Familie.

Dunkle Wolken am Horizont

An einem Samstag rief Evelyn an und behauptete, dass der Kleine an diesem Wochenende nichts mit uns unternehmen wolle. Es stellte sich schnell heraus, dass das nicht der Wahrheit entsprach. Hier waren wieder einmal nur die Probleme der Erwachsenen im Spiel und keine Unlust von Logan. Meistens erfuhr Ethan erst am Donnerstag oder Freitag, wann er seinen Sohn sehen durfte. Und oft gab es Tage, an denen Evelyn für notwendige Absprachen erreichbar war. Irgendwann haben wir keine Unternehmungen mehr geplant. Ethan versuchte, die Zeit mit Logan sinnvoll zu nutzen, während ich mit meinen beiden Jungs alleine etwas unternahm.

Leider lief es auch mit den Geburtstagen nicht gut. Im ersten Jahr blieb ich mit den Kindern an Logans Geburtstag zu Hause. Er fragte seinen Vater schließlich, warum wir nicht dabei wären. Ethan suchte nach einer für seinen Sohn verständlichen Erklärung, ohne ihn gegen seine Mutter aufzubringen. Er sagte, dass wir beim nächsten Geburtstag sicher kommen würden. Nur waren wir dann im zweiten Jahr auch nicht eingeladen. Damals hatte ich inständig gehofft, Evelyn würde endlich dem Wunsch ihres Sohnes folgend, der uns dabeihaben wollte, mit den Gegebenheiten klarkommen. Doch es kam vollkommen anders. Logan rief Ethan ein paar Tage vor seinem Geburtstag an und teilte ihm mit, dass nur er kommen solle. Damit war Ethan allerdings nicht einverstanden. »Entweder wir fahren alle vier oder keiner fährt hin.« Es ging schließlich um seinen Sohn und er war ihm wichtig, ich fand, er sollte zumindest alleine fahren. Doch daraus wurde nichts. Ethan rief schließlich insgesamt fünfmal an Logans Geburtstag an, niemand nahm ab. Bei seinen Eltern rief er ebenfalls an in der Hoffnung, dass sie den Hörer an seinen Sohn weiterreichen würden. Sie nahmen das Gespräch nicht an. Seine Mutter teilte per SMS kurzangebunden mit, Logan wolle nicht telefonieren. Seine Mutter würde sich am nächsten Tag melden.

Ich konnte nur zu gut verstehen, dass Ethan langsam resignierte und die Nase voll hatte. Seit fünf Jahren tat er alles so, wie es von ihm verlangt wurde, nur um seinen Sohn zu sehen Jetzt verlor er langsam die Kraft, diese ständigen Machkämpfe auszufechten. Er war nicht alleine betroffen. Auch seine Eltern bekamen Vorgaben über Zeitpunkt, Art und Dauer der Begegnungen mit ihrem Enkel. Ein ganzes Jahr lang durften sie ihn überhaupt nicht sehen. In immer noch waren sie der Meinung, man müsse uneingeschränkt auf Evelyn Rücksicht nehmen, sie sei schließlich die Mutter. Von außen betrachtet war es ein Machtspiel vergleichbar mit einer schlechten Seifenoper: Staffel 4711 Folge 0815.

Die wenigen Male, in denen ich mich vermittelnd zu Wort meldete, fanden nie einen guten Ausgang. Es war ein Samstag. Ich erinnere mich wie heute an die Situation. Evelyn brachte Logan zu Ethan. Vor der Haustüre kam es zum Showdown: Sie wolle Logan bereits gegen Mittag abholen, um mit ihm noch zur Feuerwehr zu gehen. Unsere Pläne drohten wieder einmal, zunichte gemacht zu werden. Wir hatten geplant, mit den Kindern einen Tag im Freizeitpark zu verbringen. Ich atmete tief durch und klinkte mich ein: Ich fragte Logan, ob er mit Papa und Mama gemeinsam zur Feuerwehr wolle. Er war begeistert. Problem gelöst – dachte ich. Evelyn wand sich und meinte schnippisch: Sie müsse sich das nochmal überlegen. Kaum zehn Minuten später teilte sie per SMS mit, sie habe keinen Bock einen auf Familie zu machen. Sie holte ihn also, wie sie das mit sich selbst beschlossen hatte, bereits mittags ab. Logans Wunsch wurde ignoriert.

Wie mir das auf den Wecker ging! Gespräche zwischen Tür und Angel, keinerlei Verlässlichkeit, keine Planungsmöglichkeiten, kein Gestaltungsspielraum. Mein Fokus war, die Übergaben für Logan angenehmer zu gestalten. Anstatt sie also zwischen Tür und Angel stattfinden zu lassen schlug ich Ethan vor, Evelyn in Zukunft hereinzubitten.

»Setzen wir uns doch alle einmal inklusive Deiner Eltern an einen Tisch«, ging ich noch einen Schritt weiter, »und reden vernünftig miteinander.« Doch was konnte ich ausrichten, wenn doch so offensichtlich die Suche nach einer Lösung gar nicht das Ziel der Beteiligten war? Evelyn blockte ab und teilte mir mit, das alles würde mich nichts angehen – wie in einer echten Seifenoper eben.

Ich gehörte ihrer Meinung nach nicht zur Familie. Diese Worte kamen mir sehr vertraut vor. Das traf einen sehr wunden Punkt bei mir. Es war wie an einem Geburtstag bei Mikes Tante. Als ich Jahre vor seinem Tod einmal zu ihr sagte, sie alle seien wie eine Familie für mich, entgegnete sie: »Wenn ihr einmal kein Paar mehr seid, gehörst du nicht mehr dazu.« Mir läuft es noch heute kalt den Rücken herunter, wenn ich an ihre Worte denke. Ähnlich empfand ich es, als ich mit vierzehn Jahren meine Oma nach der Adresse meines Vaters fragte und zu hören bekam: »Hättest du dich besser um deinen Vater gekümmert, wüsstest du jetzt, wo er wohnt.« Wechselnde Darsteller, jedoch stets derselbe Stich in eine tiefe Wunde. Was sollte ich daraus lernen?

Im Laufe der Jahre kam so einiges an mein Ohr, was ich manchmal lieber nicht gehört hätte. Oft verstand ich Ethans Eltern nicht, wenn sie sich gegen ihren eigenen Sohn richteten und dabei gleichzeitig Evelyn finanziell und organisatorisch fleißig unter die Arme griffen und ihr grundsätzlich in allem Recht gaben. Egal, ob spontan geänderte Vereinbarungen im Umgang, neue Autoreifen, Möbel oder ein monatlicher Zuschuss für Logan, sie kümmerten sich um alles.

Ethan begann sich irgendwann dagegen zu wehren. In der wertvollen Zeit der Zweisamkeit mit seinem Sohn wollte er nicht auch noch Routinetermine wahrnehmen, wie beispielsweise einen Friseurbesuch. Auch das übernahmen dann also die Großeltern. Mit dem Ergebnis, dass nun sie es waren, auf die Evelyns Drohungen herabregneten, wenn der von ihr gesetzte Zeitplan nicht peinlichst eingehalten wurde. Es war aussichtslos und ebenso frustrierend.

Mein Motto war zunehmend: freundlich sein, lächeln, still bleiben und abwarten. Im Rahmen meines Ziels, immer freundlich zu sein, bereitete ich für Evelyn zu Weihnachten einmal einen Eierlikör zu. An ihrem Geburtstag dachte ich mir ein Geschenk aus um auszudrücken, dass ich an sie dachte und sie wertschätzte. Immerhin ignorierte sie mich lediglich, sie griff mich nicht an. Ethan hingegen flippte aus. Er konnte nicht nachvollziehen, weshalb ich ihr für ihr miserables Verhalten uns gegenüber etwas schenkte. Ich fand, solange ich ihr keine Angriffsfläche bot, lieferte ich meinen Beitrag, dass sie ihm das Leben nicht noch schwerer machte. Im Hintergrund hatte ich die Hoffnung, dass diese Familiensoap deutlich an Drama verlor. Zuvorkommend und freundlich zu sein fand ich von klein auf normal und alles, was ich wollte, war Ruhe und Harmonie und die hatte ich in meiner Welt mittlerweile. Mein Motto hierzu: »Distanziere dich und du wirst gelassener.«

Trotz aller Gelassenheit und meiner Beiträge dazu, es kam die Zeit, in der bezüglich der Wochenenden unbedingt eine Regelung hermusste. Ethan würde demnächst für rund ein Jahr auf Lehrgang in Hamburg sein. Sein Zeitplan besagte, er könne seinen Sohn nur noch alle vierzehn Tage sehen. Das entsprach nicht mehr Evelyns für ihn vorgesehenen Zeitplan. Da drängte sich mir die Idee auf, dass es auch an der Zeit war, dass Logan an den möglichen Wochenenden bei seinem Vater schlafen könnte. Schließlich äußerte der Kleine schon seit längerer Zeit den Wunsch, endlich auch regelmäßig bei seinem Vater zu übernachten. Evelyn war dagegen, mit der Begründung, er dürfe laut Aussage des Kinderarztes nur zu Hause schlafen, weil er angeblich Durchschlafprobleme habe. Ethan war bei einem dieser Arzttermine dabei. Wie sich herausstellte, konnte Logan sehr wohl überall übernachten. Ich finde es unglaublich, was Frauen imstande sind zu erfinden, um ihre gekränkte Eitelkeit zu pflegen –

und dabei auszublenden, dass das auf Kosten ihrer Kinder geht.

Wir kämpften wirklich mit der Logik. Auf der einen Seite sollte Ethan mehr Zeit mit seinem Sohn verbringen, auf der anderen Seite unterband Evelyn dies, wo und wie sie nur konnte. Verrückt, oder? Sogar ans Jugendamt hat er sich schließlich gewandt, mit der finalen Information des Mitarbeiters, dass er sich nach ihr zu richten habe, da sie das alleinige Sorgerecht habe. *Du Vollpfosten*, dachte ich mir, *warum hast du das Sorgerecht für deinen eigenen Sohn abgegeben?*

Ethan sollte seinerzeit als Soldat zu einem Einsatz nach Afghanistan ausrücken. Um während seiner Abwesenheit problemlos Entscheidungen für das gemeinsame Kind treffen zu können, beantragte Evelyn das alleinige Sorgerecht. Natürlich kann man auch bei geteiltem Sorgerecht als Elternteil Entscheidungen allein treffen. Sie überredete ihn dennoch, die Einwilligung zu unterschreiben. Rückgängig gemacht wurde das Ganze nie.

Mittlerweile war auch ich an einem Punkt angelangt, an dem ich keine Lust mehr hatte, zuzuschauen. Nicht einmal die üblichen, gesetzlichen Vorgaben wurden eingehalten. Eines Tages stellte ich mich vor Ethan und teilte ihm mit, er solle seinen Krieg mit der Mutter seines Kindes endlich beilegen. Sobald das geregelt wäre, könnte er gerne wiederkommen. Wie hätte ich ihm sonst verständlich machen sollen, dass ich keine Kraft mehr hatte? In unserem Leben drehte sich seit Jahren alles um die Probleme der drei. Seinen Frust darüber bekam natürlich ich stets ab – in voller Breitseite. Logan tat mir am meisten leid in der ganzen Geschichte. Ich war an dem Punkt angelangt, wo ich nicht mehr konnte. Ich war kurz davor zu sagen: »Geh, ich kann nicht mehr.« Das war mein letzter Versuch, zu verhindern, dass alles zwischen uns durch die Last dieses Dauerzwists zerstört würde. Ich hatte das Gefühl, weiter auszuhalten würde auch mich zerstören. Lieber würde ich es aktiv beenden, solange ich noch einen Funken Kraft übrighatte. Die Kraft, ihn und seinen Sohn leiden zu sehen, war mir ausgegangen.

Er blickte mich an und fragte mich, ob ich noch ganz dicht sei, eine Trennung komme für ihn nicht in Frage.

Ich sei nervlich am Ende, erklärte ich ihm. Ich brauchte ein wenig mehr Ruhe in meinem Leben. Seit Mikes Tod war jeder Tag ein Kampf, meinen Weg zu finden und zu überleben. Diesen zusätzlichen Terror würde ich auf Dauer nicht durchhalten.

Es war bereits drei Monate her, seit Ethan seinen Sohn das letzte Mal gesehen hatte. Ihr ahnt es: Er und Evelyn wurden sich wie immer nicht einig.

Nach seinem Lehrgang in Norddeutschland startete Ethan mir zuliebe noch einen letzten Versuch. Er schaltete eine Anwältin für Familienrecht ein, um sein Recht als Vater einzuklagen. Die Prozeduren, Auflagen, Zeitvorgaben und sonstigen Anweisungen waren bis zur Gerichtsverhandlung sehr aufwendig. Außerdem gab es bis dahin noch immer keine Übernachtungszusagen. Evelyn versuchte weiterhin, Ethan zu verbieten, Logan mit zu sich nach Hause zu nehmen.

Am Tag der Gerichtsverhandlung bekam Ethan dann endlich seine vierzehn Tage Regelung mit Übernachtung. Zum Glück war die Richterin neutral. Sie fasste klar und deutlich zusammen, weshalb sie eine Übernachtung an den Vaterwochenenden sogar für notwendig hielt: »Sie verlangen ernsthaft, dass Herr X. abends nach der Arbeit die zwei Stunden zu seinem Sohn fährt, um nur 10 Minuten mit ihm zu verbringen, weil der Kleine dann ins Bett muss?«, fragte sie Evelyn bei der Verhandlung. Sie möge als Mutter bitte realistisch sein, denn diese Vorstellung mache einfach keinen Sinn.

Die Beiden bekamen zusätzlich die Auflage, ein Elterntagebuch zu führen, da die Kommunikation so schwierig schien. Und an Freitagabenden sollte stets ein Videotelefonat stattfinden, damit Logan seinen Vater sehen könne. Ihr gemeinsamer Sohn hätte darüber hinaus auch das Recht, seinen Vater anzurufen, wann immer er wolle. Das hörte sich nach einer guten Lösung an. Wie sich später herausstellen sollte, blieb sie jedoch nur auf dem Papier bestehen.

Woran merke ich, dass es besser wird?

Manchmal haben wir so viel im Kopf und sind so sehr mit uns selbst beschäftigt, dass wir fast daran kaputt gehen. Es war hart für mich, meinen Kindern zu sagen, dass ihr Vater nie mehr wiederkommen wird. Ich war immer darauf bedacht, nach außen hin stark zu wirken. In Wirklichkeit kämpften wir uns vorwärts, Tag für Tag. Aber hatten wir eine Wahl? Was wir tun können ist, das Schicksal anzunehmen und zu akzeptieren, wenn es uns vor vollendete Tatsachen stellt. Die einen schaffen das besser, die anderen weniger gut oder gar nicht. Das ist das Leben mit seiner individuellen Vielfalt.

Es ist hart, allein den Unterhalt für eine Familie zu verdienen und ein stabiles Umfeld für die Kinder zu schaffen, dennoch schaffe ich es. Wenn wir denken, wir sind allein, gibt es am Ende immer Menschen, die da sind, die uns auffangen. Manchmal sind wir diejenigen, die andere auffangen, egal wie es uns gerade geht. Eine weitläufige Bekannte stand kurz nach Mikes Beerdigung vor der Tür. Nachdem sie mir ihr Beileid bekundet hatte, brach sie in Tränen aus. Ich tröstete sie: *Alles wird gut.*

Gibt es wahre Freunde und die perfekte Familie? Klar gibt es sie und sie zeichnen sich dadurch aus, dass sie da sind, ohne Worte und ohne Bedenken. Keiner, der es nicht erlebt hat, weiß, wie es ist, von heute auf morgen alles zu verlieren. Keiner, der es nicht erlebt hat, weiß, wie es ist, alles allein zu meistern und Vater und Mutter gleichzeitig zu sein. Nur wer sich selbst in dieser Situation wiederfindet, weiß, was einem das abverlangt. Dennoch erlauben sich Menschen, ein Urteil über dich zu fällen, ohne einen einzigen Tag lang in deinen Schuhen gelaufen zu sein oder einen Blick hinter die Fassade geworfen zu haben. Es fällt mir nach wie vor schwer, diese Urteilsbildungen nicht zu verdammen. Ich habe einfach zu viel an Willkür und Falschinformation erlebt. Ich bin so dankbar, dass meine Therapeutin und mittlerweile Freundin Anna mir immer wieder dabei hilft, auf den richtigen Weg zurückzufinden. Anna ist auch der wahre Grund, warum ich das hier alles aufschreibe. Sie hatte recht: Alles, was aus dem Kopf draußen ist, ist draußen. Anna leitet mich während unserer Gespräche immer zu jener Bewusstheit und Klarheit hin, die mich wissen und spüren lassen, dass ich selbst die Lösung für all meine Probleme bin und alles dafür Notwendige in mir trage. Bewundernswert, wie sie es nach zwei Sitzungen hinbekommen hat, dass ich nach Mikes Selbstmord endlich wieder schlafen konnte. Ich durfte unter ihrer Begleitung diese ganze Terrornacht immer und immer wieder durchleben. Mein Verstand wusste, dass es vorbei ist, aber alles andere in mir, in meinem Kopf, meinem Herzen und meinem Körper, sträubte sich dagegen, das Reale anzunehmen. Erst als ich spürte, dass ich es in mir gut sein lassen kann, konnte es als Gesamtes gut werden. So ist es mit vielen Befangenheiten im Leben: Solange wir daran festhalten, können sie sich nicht lösen.

Wenn einer aus dem Alltagswahnsinn aussteigt, wird es dann ruhiger? Diese Frage beschäftigte mich zunehmend. Was würde passieren, wenn ich aufhören würde, Ethan immer wieder darum zu bitten, sich um seinen Sohn zu kümmern und nicht aufzugeben?

Mir gingen langsam die Argumente aus. Zum Beispiel fällt mir hier die Geschichte mit dem Europa-Park-Wochenende ein. Ich erklärte Ethan anhand von Zahlen, Daten und Fakten: *Ich habe die Jungs dreihundertfünfundsechzig Tage im Jahr, du hast Logan ungefähr einhundertzweiundneunzig Tage im Jahr für vier oder fünf Stunden. Der Rest der Woche steht dir frei zur Verfügung. Wenn ich dich nun frage, was du von einem freien Paar-Wochenende im Europa-Park hältst, und ich nach deiner Zusage alles so organisiere, sodass wir ein romantisches Wochenende haben können, dann finde ich es schade, wenn du mir zwei Tage davor sagst, dass du nun doch deinen Sohn übers Wochenende nimmst. Es war für mich eine ziemliche Herausforderung, alles passend zu organisieren und du wirfst kurzerhand alles wieder über den Haufen. Ich wünsche mir Zeit mit dir ganz allein. Kannst du das verstehen? Verstehst du, dass ich irgendwann unzufrieden werde, wenn nichts verlässlich ist? Ich vermisse die Tage, an denen wir zwei einfach ein Paar sein dürfen.*

Meine Art, mit Meinungsverschiedenheiten zwischen Ethan und mir umzugehen, ist, ihm anhand von Beispielen zu zeigen, wie ich mich dabei fühle. Das mache ich öfter in Form von Nachrichten wie dieser gerade eben.

An diesem besagten Wochenende fiel der Europa-Park ins Wasser. Stattdessen blieben wir alle in Sommerdorf, weil Logan am Samstag nun doch da war. Das hielt uns nicht davon ab, eine Menge Spaß zu haben. Wir waren auf einem nahegelegenen Bauernhof. Logan durfte mit Bryans Gokart fahren und er genoss es sichtlich. Als wir ihn am Samstagabend zurückbrachten, warteten meine Jungs und ich wie üblich im Auto. Unglaubliche drei Jahre saßen wir ausnahmslos im Auto, wenn Ethan seinen Sohn nach Hause brachte. Im vierten Jahr habe ich mir erlaubt, ein paar Mal mit auszusteigen und Logan an der Tür abzuholen. Jawohl, an der Tür. Ich hatte die ganzen Jahre über gedacht, Ethan wäre immer noch kurz mit hineingegangen und hätte mit Evelyn geredet. Ich war der Meinung, dass es ja auch schöner für Logan wäre, wenn er sehen würde, dass Mama und Papa sich verstehen. Was für ein Irrtum! Ethan hatte all die Jahre vor der Wohnungstür gewartet, die nach sieben oder auch mal zehn Minuten geöffnet wurde. Dann musste der Kleine sich erst noch anziehen. Warum zum Teufel macht Frau so etwas?

Auf jeden Fall hat Logan an diesem Tag seiner Mutter natürlich voller Freude erzählt, was wir alles gemacht haben. Evelyn ist daraufhin ausgeflippt: Was Ethan eigentlich einfallen würde, mit Logan nach Sommerdorf zu fahren, wo sie doch vereinbart hatten, dass er sich mit seinem Sohn nur in einem Umkreis von fünfundzwanzig Kilometern rund um Ramslingen bewegen durfte. Er wohnte zu diesem Zeitpunkt bereits seit zwei Jahren in Sommerdorf. Nur gut, dass er von dieser Vereinbarung nichts wusste. Abgesehen davon dachte ich immer, er darf als Vater die wenige Zeit, die ihm mit seinem Sohn zur Verfügung steht, so planen, wie er das möchte.

Wieder einmal drohte sie an, dass sie erneut einen Termin beim Jugendamt vereinbaren würde, jedoch war sie selbst zu den letzten beiden Terminen nicht erschienen. Termine beim Jugendamt waren ihr nur freitags möglich, da hatte Evelyn nämlich frei. Angeblich würde sie für solche Angelegenheiten von ihrem Arbeitgeber an keinem anderen Tag frei bekommen. Und der zuständige Herr vom Jugendamt meinte, man sollte schließlich Rücksicht auf die Mutter nehmen. Als es allerdings darum ging, das

Erbe für Logan zu klären, war ein Termin an einem Mittwoch plötzlich kein Problem. Ok, also Erbsachen mittwochs, alles andere freitags – hätten wir das geklärt.

Evelyn betonte immer wieder vor Ethan und seinen Eltern, dass es ihr wichtig sei, dass er zu Logan eine gute Vater-Sohn-Bindung aufbaut. Das hatten die beiden in meinen Augen auch, denn wenn das nicht so wäre, würde Logan nicht jedes Mal so ein Theater machen, wenn er wieder heim sollte. Als Mutter hat sie das wahrscheinlich mitbekommen, aber auf diesbezügliche Wünsche Logans ging sie nicht ein. Zwischendurch wollte sie, dass Ethan sich mehr bei Arztterminen und ähnlichen Angelegenheiten einbringt. Wenn er schließlich zu einem Termin mitgehen wollte, kam wieder irgendeine Ausrede, beispielsweise, als es um das Übernachtungsthema ging. Von ihrer Seite hieß es etwa, dass es bei einem ganz normalen Untersuchungstermin nicht viel bringen würde, mitzukommen, weil da ohnehin keine Zeit für Fragen an den Arzt eingeplant wäre. Ethan wollte aber in Sachen Übernachtung außer Haus gern die Meinung eines Arztes hören. Er kannte den Termin und fuhr einfach hin, ohne ihr nochmals Bescheid zu geben. Evelyn war erstaunt, als Ethan beim Arzt auftauchte und – siehe da – es stellte sich rasch heraus, dass deren Sohn aus Sicht des Arztes überall schlafen kann. Sie hatte bis dahin immer behauptet, die ärztliche Empfehlung zu haben, Logan solle ausschließlich zu Hause schlafen, weil er Probleme mit dem Ein- und Durchschlafen habe. Bei uns schlief er auf jeden Fall immer durch.

Ich habe es nie verstanden. Evelyn forderte einerseits, dass Logan mehr Zeit mit Ethan verbringen und der mehr Interesse an seinem Sohn zeigen sollte. Dennoch zerschlug sie alle vierzehn Tage die Vereinbarungen und änderte sie so, wie es ihr passte. Ich dachte immer dasselbe: *Das geht doch nicht, Kinder brauchen doch einen geregelten Ablauf. Das gibt ihnen Sicherheit.* Seit der Trennung tat Ethan alles dafür, seinen Sohn zu sehen, aber es kehrte einfach keine Ruhe ein. Unglaublich, wie geduldig er darum kämpfte, jedoch vergebens. An den Wochenenden fuhr er insgesamt dreihundert Kilometer oder auch tausend, wenn er gerade auf Lehrgang war, um seinen Sohn zu sehen. Er zahlte regelmäßig seinen Unterhalt und trug klaglos alle Kosten, die damit verbunden waren, um sein Kind sehen zu können. Im Vergleich dazu kannte mein Bruder da nichts. Wann immer mein Neffe mit dem Zug nach Köln kam, zog er die Ticketkosten einfach vom Unterhalt ab.

Zu dieser Zeit lief bereits alles nur noch über die Rechtsanwälte. Rechnungen flatterten ins Haus. Die einzigen, die wirklich von dem ganzen Chaos profitierten, waren die Anwälte.

Es ging nicht anders. Und ich musste Ethan ein Versprechen geben. Mir zuliebe war er immer wieder auf Evelyns Forderungen eingegangen und er war zudem ein Vater, der sich wirklich kümmern wollte. Deshalb wollte er mein Einverständnis, dass ich ihn nie wieder darum bitten möge, sich um Logan zu bemühen, wenn eine gerichtliche Lösung – sofern sie zustande käme – die Situation nicht verbessern würde. Wir sollten das Thema dann gut sein lassen und es akzeptieren – wir beide. Verdammt, das war schon viel verlangt. Der Gedanke daran war schwer, weil der Kleine mittlerweile für die Kinder und mich ein Teil unserer neuen Familie war. Sind Versprechen dazu da, sie um jeden Preis zu halten oder darf man sie auch brechen?

Vor Kurzem hatte Logan seinen sechsten Geburtstag. Wir waren bedauerlicherweise nicht zur Feier eingeladen. Auf wessen Bedürfnisse wurde hier Rücksicht genommen? Auf die des Kindes? Diese Frage sei in den Raum gestellt.

Ethans Mutter und ich hatten drei Tage zuvor noch miteinander geschrieben, weil Ethan mit seinen Eltern reden wollte. Er hatte die Diagnose Burnout erhalten. Als Ethan mir erzählte, dass er nicht mehr könne und er sich so ausgebrannt fühle, hatte ich für einen kurzen Moment eine tiefe

Panik. Ich dachte nur: *Nicht schon wieder! Ich habe jetzt nicht noch einmal die Kraft, einen Mann zu retten.* Das ging bei Mike schon schief. Außerdem hat Ethan mich nicht darum gebeten, ihn zu retten. In diesem Moment war ich mit der ganzen Situation echt überfordert. Leider hatten seine Eltern an diesem Tag keine Zeit, um bei einem Treffen über die aktuelle Neuigkeit zu sprechen. Emely meinte dann, dass wir uns ja ohnehin kommenden Sonntag zu Logans Geburtstag sehen würden. Logan hatte ihr nämlich erzählt, dass wir auch kommen würden. Das war eigentlich eine schöne Vorstellung. Für uns war die Information neu, dass wir eingeladen waren. Und natürlich kam es – wie zu erwarten war – anders. Wenigstens konnten wir mit Logan telefonieren und ihm gratulieren, weil Ethans Eltern uns an seinem Geburtstag anriefen, während sie ihn besuchten. Logan war traurig, dass wir nicht kommen konnten. Er fand es nämlich toll, zwei große Brüder zu haben, die er an diesem besonderen Tag gern dabeigehabt hätte.

Kinder sind einfach hochsensible Wesen, die sich noch spüren und die Umwelt sehr feinsinnig wahrnehmen. Sie fühlen es, wenn ein Erwachsener ein Problem hat oder ein Elternteil mit dem anderen nicht klarkommt. Aus Loyalität, um niemanden zu verletzten, sagen sie oft Dinge, die sie gar nicht so meinen, nur um es den Erwachsenen recht zu machen. Oder sie sagen gar nichts, weil sie niemanden verletzen wollen. Da spreche ich aus eigener Erfahrung.

Vor Monaten hatten wir Ethans Eltern gebeten, noch einmal mit Evelyn zu reden, weil die beiden ja so einen guten Draht zu ihr hatten. Doch sie meinten, sie würden sich da nicht einmischen, dass sei eine Sache zwischen Ethan und Evelyn. Ja, das mochte theoretisch zutreffen. Nur wenn Evelyn irgendein Anliegen hatte, suchten Ethans Eltern stets das Gespräch mit ihrem Sohn. Sobald es jedoch um ein Anliegen von Ethan ging, war es plötzlich eine Sache zwischen den beiden. Wie so oft! Ich verstand diese Logik schlichtweg nicht. Wie auch, ich wollte ja eine Lösung. Da nicht alle an einem Tisch saßen und an einem Strang zogen, war es unendlich schwierig, eine Lösung zu finden. Einer allein konnte das nicht lösen. Oder vielleicht doch? Was, wenn ich keine Lösung mehr wollte, würde es dann endlich ruhig werden?

Ethans Eltern meinten immer wieder, dass Ethan doch bitte auf die Bedürfnisse von Evelyn einzugehen habe, denn sie sei schließlich allein. Meinem Empfinden nach war der Einzige, der hier allein gelassen wurde, der Sohn, nämlich Logan. So oder so hatte sie die Macht, egal wie man es drehte und wendete. Sie würde diese Macht auch nicht abgeben wollen. Er sollte einfach das machen, was sie sich vorstellte, und an das Wohlergehen seines Sohnes denken, schlugen seine Eltern ihm vor, als wir dann doch die Zeit für das notwendige Gespräch fanden. Ethan meinte, wie schon unzählige Male zuvor, dass er das doch seit vier Jahren mache und er nun an einem Punkt angelangt sei, wo er nicht mehr könne und die Hoffnung ihn endgültig verlassen hätte. Wenn die einzige Lösung, die Frieden bringen würde war, dass er Logan nicht mehr sehen könne, dann sei es so. »Ich habe mich lang genug nach ihr gerichtet, um Logan zu sehen«, waren seine abschließenden Worte. Und dieses Hin und Her tat ihm schon lange nicht mehr gut.

Manchmal reagiere ich über, weil ich mich nicht gehört oder gesehen fühle in diesem gesamten Wirrwarr. Was ist meine Aufgabe in diesem Familiensystem? Ich bin seit Mikes Tod alleinerziehend und den Luxus familiärer Unterstützung habe ich auch nicht. Dafür habe ich Freunde. Aus Ethans Verstrickungen versuche ich mich möglichst herauszuhalten. Trotzdem liegt es mir am Herzen, Geschenke für Logan vorzubereiten und sie ihm zu schicken oder sie Ethans Eltern mitzugeben. Was ich schwer vertrage, ist allerdings, wenn ich dann höre, wie seine Eltern ihn nach wie vor dazu drängen wollen, auf Evelyn zuzugehen. Da setzt bei mir das Verständnis aus. Elternschaft ist doch keine Einbahnstraße!

In solchen Momenten fühle ich mich wie eine Sechsjährige, die es satt hat, andauernd hin und her gestoßen zu werden oder zwischen den Fronten zu stehen. Vor allem, wenn ich jedes Mal Ethans Unmut abbekomme, weil ihm alles zu viel wird.

Wir gemeinsam, und besonders Ethan als Vater, haben alles versucht, um seinen Sohn zu sehen und eine gute Verbindung zu ihm aufzubauen. Logan war nach dem Richterurteil auch rund sechsmal bei uns, aber selbst das Urteil konnte diese verkorkste Situation nicht dauerhaft regeln. Dieses Elterntagebuch, das ab nun zu führen war, diente zu Beginn eher dazu, dass Evelyn sich ihren Frust von der Seele schreiben konnte. Ethan – typisch Mann – schrieb nie wirklich etwas anderes als Zahlen, Daten und Fakten hinein, bis auf ein- oder zweimal, nachdem ihm von seinen Eltern und mir mit Nachdruck klargemacht wurde, dass er dieses Tagebuch ernst nehmen solle. Als er sich dann die Mühe machte, seine Sichtweise auf Evelyns Beschuldigungen zu erörtern, fand sie das allerdings nicht so toll und beschränkte sich seither auf das Wesentliche. Das Buch sollte sicherlich dazu führen, dass die beiden wieder miteinander redeten. Doch das ging, wie schon so vieles zuvor, voll daneben. Dasselbe galt für die wöchentlich geplanten Video-Chats am Freitag. Manchmal war Evelyn nicht erreichbar, was bedeutete, dass auch Logan nicht erreichbar war. Das kommt vor. Allerdings konnte es Ethan dann auch noch weitere Male am selben Tag probieren und es schien, als ginge es darum, ihn so lange probieren zu lassen, bis der Anruf entgegengenommen wird. Manchmal wurde bis zum Abend nicht abgehoben. Ein Rückruf von Evelyn erfolgte nie. Ging es hier schon wieder um Machtausübung?

Ich bin hoffentlich nicht allein mit der Meinung, dass es nicht ausschließlich die Aufgabe des Vaters sein kann, seinem Sohn Bitte, Danke, Guten Tag, auf Wiedersehen, Schwimmen und Schuhe binden beizubringen, wenn dieser ihn nur alle vierzehn Tage sieht. Seinen Erziehungsbeitrag zu leisten, war Ethan immer ein großes Anliegen. Meist liegt immer noch der Löwenanteil der Erziehung bei den Müttern, selbst, wenn sie nicht alleinerziehend sind. Am Ende kommt es einzig und allein auf die Erziehung selbst an, ob mit oder ohne Partner, ob durch den Vater oder die Mutter.

Das vorläufige Ende des Klageliedes zwischen Ethan und Evelyn war, dass auch uns als Familie an irgendeinem Punkt die Kraft und auch die Hoffnung ausging. Es war kein Planen mehr möglich. Oft kam am Tag zuvor ein Anruf von Logan, dass er angeblich doch nicht zu Ethan kommen wolle. Am darauffolgenden Tag hieß es dann, dass er ihn jetzt doch für ein paar Stunden sehen könne. Irgendwann waren wir so mürbe, dass wir an den Wochenenden Ausflüge planten und unser Programm dann auch durchzogen, mit oder ohne Logan. Immerhin gab es ja noch zwei andere Kinder, die sich darauf freuten. Evelyn war wohl nicht bewusst, was Logan alles verpasste. Ich kam mir vor wie eine Zuschauerin, die ohnmächtig mitansehen musste, wie alles hart Erkämpfte nach und nach wieder den Bach hinunterging. Ich respektierte Ethans und Evelyns Entscheidungen. Nichtsdestotrotz verhielten beide sich meinen Wertvorstellungen und Wünschen für Logan nach nicht immer richtig, doch wer tut das schon. Wie heißt es so schön: Die meisten Paare halten nach einer Trennung unbewusst die Paarbeziehung und die Elternbeziehung nicht auseinander. Rein strukturell trennt sich das Paar, als Eltern sind sie weiterhin in einer gemeinsamen Beziehung zum Kind. Außer bei mir, diese Bemerkung muss jetzt einfach raus: Ist einer der Partner verstorben, so hat er damit auch die Elternbeziehung terminiert.

Heute, während ich das schreibe, ist es eineinhalb Jahre her, dass Logan das letzte Mal bei uns war. Ich gebe mir redlich Mühe, nicht mehr davon anzufangen, was echt nicht einfach ist, wo ich doch selbst ein Scheidungskind bin. Unser Familienleben ist seitdem insgesamt ruhiger geworden. Wenn wir bei Ethans Eltern sind, sprechen wir nicht mehr über Logan. Um ehrlich zu sein ist es mittlerweile so, dass sich keiner mehr traut, über ihn zu reden, schon gar nicht, wenn Ethan im Raum ist. Es hatte für Ethan eine radikale Änderung und eine Lösung gebraucht – und sie hieß: Kompletter Cut, weil alles andere zu schmerzvoll war. Er war auch sehr von seinen Eltern enttäuscht, die schlussendlich in dem jahrelangen Chaos gefühlt zu keiner Zeit hinter ihm gestanden hatten.

In den vergangenen Wochen jedoch fiel Logans Name bei den Großeltern wieder häufiger. Meine These hierzu war, dass seine Eltern zyklisch abchecken wollen, ob er noch Interesse an seinem Sohn hat und wie er reagiert, wenn sie ihn darauf ansprechen. Ethan wechselte jedes Mal das Thema und ich schloss mich dem an, schließlich hatte ich es ihm versprochen.

Ich hatte das Gefühl, dass dieses Mal wirklich irgendwas im Busch lag. Unfreiwillig fand ich bald heraus, was es war. Vor Kurzem kamen Ethans Eltern spontan zu Besuch. Ich hatte mir gerade ein Kleid für Bryans Kommunion gekauft. Ethan meinte, ich könnte es doch seiner Mutter zeigen. Während die Männer sich in der Küche über Aktien unterhielten, gingen wir Frauen also ins Schlafzimmer. Emely gefiel mein Kleid. Nebenbei sprach sie von den Renovierungsarbeiten bei sich zu Hause und stellte fest, dass sie sich für ihr Schlafzimmer genau solche Kommoden wie unsere wünschte. Die ganze Zeit hatte ich dieses Gefühl, dass sie eigentlich etwas anderes loswerden wollte und nicht wusste, wie sie anfangen sollte. Genau so war es. Ich weiß nicht mehr, wie wir auf Logan zu sprechen kamen. Auf jeden Fall erzählte sie mir, wie sehr er uns vermissen würde. »Ja, das tue ich auch!«, antwortete ich. Sie fragte weiter, wie es bei Ethan sei. Ob er noch von ihm redete bzw. wie er reagieren würde, wenn er Logan sehen würde. Das Thema sei für ihn abgehakt, gab ich seine Worte wieder. Emely sah mich etwas baff an. Damit hatte sie vermutlich nicht gerechnet. Henry und sie seien eher der Meinung, man solle eben abwarten, bis Logan alt genug sei, um selbst entscheiden zu können, wann er bei welchem Elternteil sein wolle. Das Ethan jedoch, wie es sich anhöre, ganz damit abgeschlossen hatte, schockiere sie. Sie erzählte mir, dass sie Logan ab und zu abholten und den Tag gemeinsam verbrächten. Er sei anstrengend, laut und unruhig. Außerdem mache er Evelyn das Leben schwer. Da war es wieder: Der Sohn ist verhaltensauffällig und damit schuld am Stress der Mutter. Die Mutter ist natürlich ein Unschuldslamm. Wenn er nicht bekäme, was er wolle, so fuhr sie fort, schmeiße er sich auf den Boden und wüte herum. Applaus, dachte ich – das habt ihr ja hervorragend verkorkst. Entschuldigt an dieser Stelle bitte mein Urteil. Logan war es gewohnt, immer alles zu bekommen, was er wollte. Zusätzlich hatte Evelyn die Angewohnheit, ihm immer eine Überraschung zu bereiten, sobald er von uns wieder nach Hause kam. Das fiel jetzt alles weg. Einmal war diese Überraschung beispielweise ein neuer Hund. Kleinigkeiten eben.

Parallel erinnerte ich mich an eine einmalige Begebenheit mit Dylan, als wir einmal in der Stadt unterwegs waren und er ein bestimmtes Spielzeug haben wollte, dass ich ihm jedoch nicht gekauft habe. Er warf sich vor aller Augen auf den Boden und tat lautstark seinen Ärger kund. Einem inneren Impuls folgend dachte ich: *Das kann ich auch.* Unversehens schmiss ich mich also neben ihm inmitten in der Fußgängerzone auf den Boden und begann es ihm gleich zu tun. Dylan verstummte sofort, sah mich entsetzt an und bat: »Mama, steh auf! Das ist peinlich.« Er hatte seitdem nie wieder einen Zornanfall dieser Art.

Emely war angesichts Logans Wutausbrüchen der Überzeugung, er habe halt so gar nichts von seinem Vater, sprich die liebe Art und das freundliche Gemüt. Sie glaubte, seine zunehmenden Wutausbrüche hätten auch zur Ursache, dass Evelyn weder den alten noch einen neuen Partner hatte.

An dieser Stelle musste ich innerlich kontern. Evelyn selbst trug natürlich keinerlei Verantwortung für das Verhalten ihres Sohnes. Es lag ausschließlich an den anderen und den Umständen. Okay! *Halt die Klappe, Isabell, bitte halt die Klappe!*, befahl ich mir innerlich wiederholt. Umsonst! Mein Mund machte sich unversehens selbständig und im nächsten Moment hörte ich mich erwidern: »Versteh ich dich richtig? Weil Evelyn keinen Partner hat, ist Logan so, wie er jetzt ist? Und weil Ethan und ich ein Paar sind, habe ich es einfacher?« Ich kam richtig in Fahrt und mir wurde währenddessen klar, dass ich da etwas für mich klarstellen musste. »Ethan verlässt das Haus morgens um halb sechs, da schlafen wir alle noch. Am Abend kommt er gegen achtzehn Uhr nach Hause. Die Kinder haben maximal zwei Stunden am Tag etwas von ihm. Abgesehen davon haben wir uns die ersten vier Jahre nur an den Wochenenden gesehen. Ich bin seit sieben Jahren alleinerziehend und wenn ich etwas zu meinen Kindern sage, dann läuft das auch. Vielleicht nicht immer so rund, aber sie wissen, wann Schluss ist. Es ist eine große Herausforderung, ihnen immer wieder ihre und meine Grenzen aufzuzeigen, wenn sie mich indirekt darum bitten, aber Kinder brauchen Struktur und Verlässlichkeit. Und im Ernst, so viele Frauen sind heutzutage alleinerziehend und bekommen es auch hin. Evelyn mag keinen Partner haben, allerdings hat sie ein ordentliches familiäres Netzwerk.« Ich hätte fortfahren können, ohne Luft zu holen. Da sehnte sich etwas Ärger und eine Würze Unverständnis in mir nach ausdrücklicher Befreiung. Und das tat mir gut. Emelys immer größer werdende Augen ließen mich aber stoppen.

Also dachte ich innerlich weiter: *Allein an der Erziehung liegt es. Sie ist die Basis und hilft Kindern, ihre Wurzeln zu schlagen. Ob beide Elternteile da sind und dazu beitragen, ist nicht allein das Ausschlaggebende. Und überhaupt: Wie machen das gleichgeschlechtliche Paare? Natürlich ist es schön und wünschenswert, in einer Familie Geborgenheit zu finden, aber das ist nicht immer möglich. Es gibt zahlreiche andere Lösungen. Groß werden sie alle. Liebe, Geduld, Gelassenheit, Konsequenz und Vertrauen der Bezugspersonen sind viel wesentlicher als Anzahl oder Geschlecht der Erziehenden.*

Emely konstatierte schließlich, es sei spürbar, dass es Ethan und mir besser gehe, seit sich das mit Logan und Evelyn für ihn erledigt habe. Deshalb hätten sie und Henry auch diesbezüglich nichts mehr gesagt. Letzten Endes hätten sie auch ihrem Enkel gegenüber geäußert, dass sie darüber nicht mehr sprechen wollten. Wie bitte? Schon wieder soll das Kind auf alle Beteiligten Rücksicht nehmen? Mit keinem wurde also mehr geredet, vor allem nicht mit der Person, die es besonders getroffen haben musste: Logan! Und jetzt, wo er schwierig wurde, versuchte man den Kontakt wieder herzustellen und Ethan zurück in die Vaterrolle zu drängen, damit er sich darum kümmerte, dass der Kleine so wurde, wie man ihn haben wollte?! Ich weiß nicht, wie es anderen dabei ginge. Für mich war es schwierig, das Ganze emotionsfrei zu betrachten.

Genetik kann man nicht ablegen

In Wahrheit kann es eine ziemliche Herausforderung sein, alle genetischen Quellen der eigenen Kinder oder Enkel unvoreingenommen anzunehmen: Was man an sich, an den Elternteilen oder an den Großeltern, die ebenfalls einen Teil des Erbguts prägen, nicht mag, ist die eine Sache. Diese Eigenschaften, Verhaltensweisen und Charakterzüge dann aber bei den Kindern wiederzuerkennen und sie ihnen anzulasten, ist eine andere. Ich kann nur für mich sprechen, aber es gibt Situationen, in denen mich Dylan und Bryan nicht gerade positiv an Mike erinnern. Am liebsten würde ich dann meiner Empfindung folgen und sagen: »Das hast du von deinem Vater. Du bist wie dein Vater.« Nur verkneife ich mir diese Sätze mit aller Kraft, auch wenn es schwerfällt. Es geht darum, einen möglichen Teufelskreis zu durchbrechen. Wenn ich nämlich jetzt anfange, den Teil schlecht zu machen, den die beiden jeweils von Mike haben, dann würde ich automatisch einen Teil meiner Kinder schlechtreden. Vielleicht würde ich sie als nicht besonders liebenswert darstellen und ihnen absolut Unrecht tun für etwas, was außerhalb ihrer Macht steht. Bei dem Gedanken laufen mir kalte Schauer über den Rücken. Also liegt mein Weg darin, die positiven Charakterzüge zu erwähnen und hervorzuheben, die mich an ihren Vater erinnern. Ich gebe zu, dass es mir manchmal schwerfällt, konsequent zu bleiben. Worauf ich hinaus möchte, ist, wenn wir schlecht über ein Elternteil denken und reden, fühlt sich dieser Teil, der in unseren Kindern weiterlebt, nicht liebenswert genug an und das Kind fängt irgendwann zu rebellieren an. Dann empfindet es sich als nicht gut genug, so wie es ist. Am Ende wissen wir, dass Kinder unser Verhalten widerspiegeln, sie sind unser wahrhaftigster Spiegel.

Seitdem Ethan mit seinem Bestreben, seinen Sohn regelmäßig zu sehen, abgeschlossen hatte, kam eine gewisse Ruhe in unser Familienleben. Der Schwelbrand jedoch, der im Untergrund weiterlebte, kostete uns alle Kraft. Kinder bleiben ein Leben lang mit einem verbunden.

Und soll ich euch etwas sagen? Auch in den folgenden zwei Jahren wiederholten sich diese Phasen und Versuche von außen, einen alten Missstand wiederherzustellen, regelmäßig. Sparen wir uns also weitere Worte. Beim letzten Versuch brach Ethan schließlich auch den Kontakt zu seinen Eltern ab. Hätte ich mich dann nicht doch irgendwann eingemischt, wäre das bis heute so.

In diesem ganzen Patchwork-Cluster tauchte zu jener Zeit unvermittelt auch noch Ethans Ex-Freundin Heidi bei seinen Eltern auf. Kurze Erinnerung: Das ist die Lady, die er nach der Trennung von Evelyn und vor mir kennengelernt hatte. Die beiden hatten nach ihrer Trennung vereinbart, dass Ethan ihren Hund Mia versorgen würde, wenn Heidi auf Urlaub war. Dieser Umstand trat ganz zu Beginn unserer Beziehung ein. Ich hatte mit dieser Regelung ursprünglich kein Problem. Wie sich jedoch jetzt alles entwickelte, schien mir auch das plötzlich etwas seltsam.

Im Endeffekt war der Hund wesentlich häufiger bei Ethans Eltern als bei Ethan – zu Silvester, zu Ostern, zu Pfingsten und so fort. Emely liebte den Hund über alles und außerdem schien es ganz normal für sie, dass Ex-Freundinnen meines Partners nach einer Trennung immer noch ein Teil der Familie waren. Ob sie wohl auch auf meine Kinder aufpassen würde, wenn ich mich je von Ethan trennen würde? Eines verstand ich nicht so ganz: Sie entschuldigte sich wiederholt bei mir, weil sie den Hund so oft hatte. Warum entschuldigen sich Menschen bei dir, die dann doch nicht vorhaben, etwas an ihrem Handeln zu ändern? Ihr Kontakt zu Heidi war wohl auch intensiver, als sie zugab. Die Krönung war, dass sie mich zunehmend versehentlich Heidi nannte, wenn ich zu Besuch war. Sah ich dem Hund ähnlich? Oder Heidi?

An einem dieser Tage und genau in einem solchen Moment entschied ich mich, kreativ zu werden. Meine Kreativität ließ mich eine Fotocollage gestalten, auf der wir alle abgebildet waren: ein Bild mit Ethans Eltern, darauf auch Heidi mit ihrem Hund, Evelyn, Logan und wir vier, im Ganzen betrachtet eben eine große Patchwork-Familie. Es war von vornherein absehbar, dass nicht jeder meine Aktion für die feine englische Art halten würde. Wenn allerdings alle so tun durften, als wären wir eine einzige, große Familie, dann galt das ja auch für mich! Um meiner Kreativität Aufmerksamkeit zukommen zu lassen, machte ich diese Fotocollage dann zu meinem WhatsApp-Profilbild.

Emelys erste Reaktion war: »Hey, voll cool!« Ihre zweite Reaktion war eine Nachricht mit der Bitte um ein Gespräch. Wir trafen uns daraufhin im Café meiner Tante, um zu reden. Dieses Café ist total auf Vintage dekoriert, gemütlich und somit ideal für vertrauliche Unterhaltungen. Als Ethan draußen war, um zu rauchen, kam Emely endlich zur Sache. Sie wollte von mir wissen, womit ich jetzt eigentlich ein Problem hätte.

Es gäbe kein Problem von meiner Seite, ließ ich sie wissen und ich würde uns als große Familie sehen, was ich mit der Collage zum Ausdruck bringen wollte. Doch Emely fand meine Aktion nicht richtig. Eventuell habe ich es etwas übertrieben, doch ich war der Meinung, dass neben den ständig im Zentrum stehenden Bedürfnissen der anderen auch meine einmal Platz finden dürfen. Ich hatte tatsächlich das Gefühl, in dieser Hinsicht unterzugehen. Keiner fragte mich, wie ich mich fühlte in diesem ganz Familien-Patchwork-Chaos.

Emely erzählte mir häufig von Ethans Ex-Freundinnen und wie es ihnen mittlerweile ging. Als ich ihr erzählte, dass meine Mutter ebenfalls vor Ethan von meiner Zeit mit Mike geschwärmt hatte, fand sie das hingegen völlig unpassend. Maß sie hier mit zweierlei Maß oder kam mir das nur so vor? Für mich hakte hier die Logik hinten und vorn. Meiner Mutter hatte ich damals sofort mitgeteilt, dass sie das unterlassen solle, schließlich war Ethan jetzt der neue Mann an meiner Seite und ich wollte keine Vergleiche. Mike und das Leben mit ihm gehörten der Vergangenheit an. Es war okay, wenn die Kinder und ich mit Ethan hin und wieder darüber sprachen. Ganz ehrlich: Wer mag es, an einem Ex-Partner gemessen zu werden? Ich kenne niemanden. Jeder darf so sein, wie er ist, und wenn ich ganz ich selbst bin, dann erwarte ich, dass das ok ist – ohne mit wem auch immer verglichen zu werden.

Eines Tages stellte ich mir selbst die Frage, wer ich eigentlich in diesem ganzen Familiensystem bin. Ich wusste seit Mikes Tod zeitweise ohnehin nicht mehr, wo genau mein Platz war. Das war eine wirklich gute Frage! Wo waren mein Platz und der meiner Kinder in diesem ganzen Chaos? War ich ein Problem aufgrund meiner Geschichte? Schuf ich unbewusst Situationen, die den gelernten Mustern aus meiner Kindheit folgten? Von außen betrachtet fand ich mich wiederholt in verblüffend ähnlichen Situationen wieder, nur die Protagonisten und die Nebendarsteller wechselten im Lauf der Zeit.

Ich denke an ein rechteckiges Brett, frei im Raum schwebend, bildlich gesprochen für die Ebene, auf der alle Familienmitglieder miteinander agieren: Wenn einer seine Position verlässt, müssen sich alle anderen auf der Ebene automatisch ebenfalls bewegen, damit alles im Gleichgewicht bleibt und die Ebene nicht kippt. Kann es sein, dass wir uns in stets ähnlichen Situationen wiederfinden, bis wir irgendwann bereit sind, einen anderen Weg zu gehen und die Vergangenheit loszulassen? Wenn wir nicht loslassen, wie soll sich dann etwas ändern oder gar zum Besseren wenden? Loslassen käme einer Bewegung auf der Ebene gleich und es beträfe alle, die sich auf dieser Ebene befinden. Mein eigenes, aus diversen anderen selbstkreiertes Lieblingszitat dazu lautet: »Der Mensch lebt in der Vergangenheit, er plant die Zukunft und die Gegenwart lacht. Was, wenn ich all das, was ich schon immer wollte, die ganze Zeit schon vor mir hatte und es nur nicht gesehen habe, weil ich zu sehr mit der Vergangenheit beschäftigt war, sprich, festgefroren war in meiner alten Position auf der Ebene?«

Die Situation mit Ethans Mutter und meiner Fotocollage erinnerte mich insgeheim an die Vergangenheit mit Mikes Mutter. Sie hatte zu Beginn unserer Beziehung auch immer von seinen Ex-Freundinnen geschwärmt. Fand ich mich nun nochmal in der gleichen Situation, nur um das endlich loszulassen und es dann gut sein lassen zu können? Was brauche ich überhaupt, um es gut sein lassen zu können?

Und warum passierte es mir erneut, wie auch damals trotz Verhütung, schwanger zu werden, diesmal allerdings von Ethan, und auch dieses Kind zu verlieren? Das ist der pure Stress auf ganzer Linie. Ethan hatte mir, als er von der Schwangerschaft erfuhr, unterstellt, wie seine Ex-Freundin Evelyn zu sein, die ihn damals mit ihrem Kinderwunsch überrumpelt hatte. Diente dieses Erlebnis dazu, meine Fehlgeburt in Mikes Todesnacht noch einmal zu erleben? Oder sollte Ethan lernen, dass ich nicht so war wie Evelyn? Die Schwangerschaft war nicht mit Absicht passiert. Ich erfuhr ja selbst erst davon, nachdem ich es verloren hatte. Ganz im Ernst: Ich werde doch nicht schwanger, wenn ich weiß, dass mein Mann keine Kinder mehr möchte. Das wäre zweifelsohne ein Vertrauensbruch. Trotz allem hat mich seine Reaktion damals sehr verletzt. Nachdem er sich wieder beruhigt hatte, tat es ihm sehr leid und er gab zu, dass er sich auf einmal wieder so fühlte wie damals, als Evelyn es ohne sein Wissen auf eine Schwangerschaft angelegt hatte. Am Ende saß das Erlebte bei uns beiden tief, jedoch aus unterschiedlichen Gründen und Perspektiven.

Ebenfalls als Wiederholung empfand ich meinen Kampf dafür, dass Logan wieder einen guten Kontakt zu seinem Vater hatte. Es könnte mich weniger belasten, aber tatsächlich lag der Grund für mein geduldiges Engagement in meiner Kindheit. Ich hätte wohl als Kind gern jemanden gehabt, der für mich kämpft, weil ich es selbst nicht konnte und nur zu gut wusste, wie es war, ohne Vater aufzuwachsen.

Heute, mit Abstand, kann ich mir Vieles erklären und das Dahinterliegende erkennen. Es war das ständige Gefühl, nicht gut genug und es nicht wert zu sein, geliebt zu werden. Natürlich waren das sehr prägende Glaubenssätze, die mich immer wieder einholten und es wahrscheinlich immer noch tun.

So wie beispielsweise das Ladenverbot, das mir meine Tante indirekt erteilt hatte, weil ich mich weigerte, ihr das Eierlikör-Rezept meiner Oma und somit ihrer Mutter zu geben. Diese hatte mir seinerzeit ausdrücklich das Versprechen abgenommen, es niemandem weiterzugeben. Es war ein besonderer Tag mit meiner Oma. Wir saßen draußen in der Sonne und sprachen über unsere Erfahrungen. Sie entschuldigte sich dafür bei mir, dass sie mir einmal als Vierzehnjährige vorgeworfen hatte, ich hätte mich besser um meinen Vater kümmern müssen. Wir saßen noch lange Zeit genießend stumm nebeneinander. Dieser Austausch ist bis heute einer der schmerzhaftesten und zugleich schönsten Momente in meinem Leben. Meine Tante argumentierte, sie sei schließlich tot und würde den Bruch des Versprechens nicht mehr mitbekommen. Ich jedoch fühlte mich meinem Wort verpflichtet. Im selben Zug teilte sie mir mit, ich sei psychisch nicht gesund mit meinem Bedürfnis nach einer intakten Familie, so etwas gäbe es in unserer Verwandtschaft nicht. Zunehmend wurde mir klar, wie wichtig es für mich war, nicht mehr in der Vergangenheit, sondern in der Gegenwart zu leben.

Wahre menschliche Stützen gibt es hoffentlich im Leben eines jeden Menschen. In meinem waren das zum einen Brandon, seit zwanzig Jahren mein bester Freund und wie ein großer Bruder für mich. Zum anderen Savana und Sam, die seit jener Nacht bis heute für uns da waren. Diese besonderen Menschen haben nie viel gesprochen, sie waren einfach für uns da – jederzeit.

Selbst meine Mutter gibt immer wieder von Neuem auf ihre einzigartige Weise ihr Bestes. Sie liebt mich und die Kinder. Ich bin überzeugt, jeder Mensch gibt sein persönlich Bestes.

Stand der Dinge ist, dass ich die wundervollsten Kinder der Welt habe und einen Partner, der mir darin weit voraus ist, in der Gegenwart zu leben. »Lass es doch einfach gut sein. Lass es so stehen, wie es ist, wir können es jetzt nicht ändern.« Das sind einige meiner Lieblingssätze, auch wenn ich mich immer wieder darüber aufregen könnte. Das ist bereits ein Haufen Glück. Mir ist bewusst, dass ich selbst für meine Gedanken und mein Leben verantwortlich bin. Diese Erkenntnis kann ein großer Teil der Lösung sein, wenn man sie lässt. Bin ich nun bereit, den Schritt zu wagen und endgültig loszulassen? Würde ich, wie viele Menschen das tun, stehen bleiben, wo ich war und wo ich mich auskenne, oder würde ich meine ganz persönliche Komfortzone endlich verlassen? War ich bereits unterwegs, ohne es zu bemerken?

Ich dachte an eine Weisheit, die ich in einer Zeitschrift gelesen hatte: »Wenn Träume Hand und Fuß bekommen und aus Wünschen Leben wird, dann kann man wohl von einem Wunder sprechen.« Er bezog sich auf Kinder als wahr gewordene Träume. Ohne es zu merken, hatte ich doch schon zwei Beweise, dass ich mich weiterentwickelt hatte: Zwei menschgewordene Wunder begleiteten mich seit Jahren im Leben: meine beiden Jungs!

Der Herzinfarkt meiner Mutter

Ein ganzes Wochenende in München, Ingolstadt und Salzburg, und zwar nur Ethan und ich – es war herrlich! Ich hatte zwar Mühe, ihn in Salzburg auf die Burg zu locken, doch die Belohnung dafür war eine unglaubliche Aussicht von dort oben. Das letzte Mal war ich mit den Kindern hier oben gewesen, als wir nach Mikes Tod gemeinsam auf Mutter-Kind-Kur am Chiemsee waren. Es tat gut, dem Alltag zu entfliehen. Demnächst stand der nächste Lehrgang für Ethan in Hamburg an und so konnten wir die Zweisamkeit genießen. Die Kinder waren bei einer guten Freundin untergebracht, und ich konnte tatsächlich abschalten. Aber was wäre mein Leben ohne Chaos?

Auf der Heimfahrt beschlich mich ein seltsames Bauchgefühl. Ich hatte meine Mutter in der Woche zuvor beim Einkaufen getroffen. Sie hatte richtig schlecht ausgesehen. Egal wie kompliziert unsere Beziehung auch war, Sorgen machte ich mir dennoch um sie. Ethan und ich waren gerade zu Hause angekommen, als ich eine SMS von ihr erhielt: »Ich hatte einen Herzinfarkt! Ich komme jetzt gleich in den OP, nur damit du Bescheid weißt.«

Jawohl, das ist genau das, was man per SMS erfahren möchte: Willkommen im einundzwanzigsten Jahrhundert!

»Wie bitte?! Melde dich unbedingt, sobald du nach der OP wieder wach bist! Alles Gute, ich denk an dich!«, tippte ich in Windeseile zurück, um sie ja noch zu erreichen. *Was für ein Mist!*, dachte ich mir. Es kamen keinerlei Gefühle auf, als ich die Nachricht las und auch meine Antwort schrieb ich eher mechanisch. Ist das nicht merkwürdig? Ja, ist es!

Ethan war gerade auf dem Weg zum Training, als ich ihn darüber informierte. Er kam sofort wieder nach Hause. Das Verrückte an der Sache war, dass diese Nachricht Ethan viel mehr mitnahm als mich.

Endlich, drei Stunden später, meldete sich meine Mutter erneut. Ethan und ich machten uns gleich auf den Weg ins Krankenhaus, wo sie noch auf der Aufwachstation lag. Dort ging es ziemlich chaotisch zu, keiner konnte uns Auskunft geben. Man teilte uns lediglich mit, dass es keinen regulären freien Platz mehr auf der Intensivstation gäbe. Aus diesem Grund hatten die Ärzte entschieden, meine Mutter nach Nebelburg verlegen zu lassen.

Während sie also mit dem Hubschrauber unterwegs nach Nebelburg war, fuhren Ethan und ich nach Silberbach, um für ihren Krankenhausaufenthalt in aller Eile ein paar Sachen aus ihrer Wohnung zu holen. Von dort aus ging es dann direkt weiter zum Krankenhaus. Während der ganzen Zeit über hatte ich ein ungutes Gefühl, was im Nachhinein nicht ganz unbegründet war, wie sich herausstellen sollte. Während des Transports war meine Mutter kollabiert. In Nebelburg wurde daher erneut ein MRT gemacht. Ihre Sauerstoffsättigung war massiv abgefallen und es ging ihr gar nicht gut. Als Ethan und ich vor der Intensivstation warteten, rannte eine Ärztin mit wehendem Kittel an uns vorbei. *Das ist kein gutes Zeichen*, dachte. Rund zehn Minuten und eine gefühlte Ewigkeit später durften wir dann endlich zu ihr. Sie sah verdammt schlecht aus. Die Ärztin erklärte uns, dass es bei der ersten Operation in Friedrichshafen Komplikationen gegeben hatte. Ein Gefäß sei verletzt worden. Die Folge waren Einblutungen im Beckenraum. Diese Blutung musste man in einer erneuten Operation umgehend stoppen. Sie konnte uns nicht sagen, wie lange die Operation dauern würde. Eigentlich wollte ich bleiben und für sie da sein, aber ein Pfleger schickte uns nach Hause. Er meinte, dass es reichen würde, wenn wir am darauffolgenden Tag gegen Mittag wiederkommen würden. Er hatte recht.

Die Kinder brauchten uns auch. In dem ganzen Chaos hatten wir die Kinder noch nicht wieder von den Freunden abholen können. Endlich waren wir alle wieder zu Hause, das tat gut. Erstaunlicherweise konnte ich, im Gegensatz zu Ethan, durchschlafen.

Er hingegen hatte sich die ganze Nacht hin und her gewälzt. Als ich gegen sechs Uhr morgens aufwachte, fiel mein Blick auf mein Handy. Das Krankenhaus hatte sich nicht gemeldet, also war alles gut verlaufen.

In diesen Tagen habe ich so oft, wie schon lange nicht mehr, mit meinem Bruder telefoniert. Er lebte seit der Trennung von Olivia in Köln. Letztendlich konnte er für einen Besuch bei unserer Mutter nicht nach Nebelburg kommen. Er hatte nämlich beruflich endlich ein lang ersehntes Ziel erreicht: Jetzt, wo es gerade so rund lief, konnte er sich nicht um Privates kümmern.

Als wir ins Krankenhaus kamen, lag meine Mutter tief und fest schlafend im Bett. Sie hatten sie kurzzeitig in ein künstliches Koma versetzt, weil die beiden Operationen so kurz hintereinander zu viel für ihren Körper gewesen waren. Sie konnten die Gefäße zwar verschließen, jedoch das Blut aus ihrem Beckenraum nicht gänzlich entfernen. Das musste ihr Organismus nun selbst bewerkstelligen. Sie war erschöpft und viel konnten wir im Augenblick nicht für sie tun. Daher gingen wir nach einer Stunde wieder. Als wir sie am späten Nachmittag erneut besuchten, war sie halbwegs wach und ansprechbar. Eigentlich dachte ich, dass eine traumatische Erfahrung einen Menschen ein klein wenig verändert. Was soll ich sagen: Meine Mutter war noch bissiger als zuvor. Keiner konnte es ihr recht machen. Sie schimpfte auf alles und jeden. Selbst die Sachen, die ich ihr von zuhause mitgebracht hatte, waren die falschen. Ach ja: Und nach wie vor hatte sich die Welt nur um sie zu drehen. Ich sagte mir schließlich, dass das einfach ihre Art war, mit dem umzugehen, was passiert war. Immerhin musste sie all das erst verarbeiten, physisch wie psychisch.

Gefühlte zwei Stunden und zahlreiche Anschisse später konnte ich mir eine Bemerkung nicht verkneifen: Ich fragte sie nach ihrem eigentlichen Problem hinter ihrer Unzufriedenheit und verlangte ausdrücklich, sie solle doch glücklich sein, dass alles so gut ausgegangen war: »Fang an, in der Gegenwart zu leben!« Ich hatte dieses ständige Gemotze so satt. Sie antwortete mir mit einem meiner ganz besonderen Lieblingssätze von ihr: »Du hast ja keine Ahnung!« Natürlich, ich hatte keine Ahnung, nie und nimmer. Im Ernst: Sie ist dem Tod zweimal an einem Tag von der Schippe gesprungen und alles, was sie interessierte, war, sich darüber zu beschweren, dass die OP ihr die Figur versaute. Das konnte ich beim besten Willen nicht nachempfinden. Ich war einfach nur froh, dass sie das Ganze überlebt hatte. Das kam bei ihr nicht an. Egal was ich zu ihr sagte, sie fühlte sich angegriffen. Ich konnte sie einfach nicht dort abholen, wo sie es brauchte. Aber war das wirklich meine Aufgabe?

Patchwork macht Urlaub

Unser Reiseziel Nummer eins war seit einigen Jahren der Norden. Auch in dem Jahr, als Ethan seinen dreißigsten Geburtstag feierte. Die von mir geplante Reise sollte eine Überraschung sein. Die Vorbereitungen und die Planung hielt ich geheim. Es sollte sich jedoch zeigen, dass in diesem Jahr nicht alles unter einem guten Stern stand. Alles kam anders als gedacht.

Der anhaltende Stress der letzten drei Jahre forderte seinen Tribut. Ethan kam an einen Punkt, an dem ihn seine Vergangenheit und alles, was seitdem geschehen war, einholte. Es zog ihm mit einem Mal den Boden unter den Füßen weg. In meinen Worten: »Hulk bottom down!« Die Formulierung des Arztes war »Burnout«. Rückblende: Die Diagnose Hautkrebs bei seinem Vater, der psychische Zusammenbruch seiner Mutter, der Herzinfarkt meiner Mutter, der Tod meiner Oma und der ewige Kampf mit Evelyn: All das war nicht spurlos an Ethan vorbeigegangen. Die akute Folge war, dass er vorzeitig seinen viermonatigen Lehrgang abbrechen musste. Sein Arzt schrieb ihn zur Regeneration zunächst vier Wochen krank.

Ich hatte den in zwei Wochen geplanten Überraschungsurlaub im Kopf, für den keine Stornierung mehr möglich war. Meine Vorfreude auf Ethans Gesicht, wenn er davon erfuhr, war dahin und die Überraschung schien geplatzt.

Das erinnerte mich eindringlich an den Rat, den ich meiner Mutter in problematischen Situationen zu geben pflegte: »Fang an, in der Gegenwart zu leben!« Wenn ich doch einfach einmal meinen eigenen Ratschlägen selbst folgen könnte. Stattdessen machte sich von Tag zu Tag zunehmend Stress in meinem Kopf breit.

Letzten Endes fuhren wir zwei Wochen später als geplant und ohne Überraschungseffekt gemeinsam in den Norden. Immerhin kam der Urlaub zur richtigen Zeit, denn Ethan sollte sich ja ohnehin erholen. Es war so schön wie jedes andere Mal, wenn wir gemeinsam unterwegs waren. Endlich hatten wir Zeit und Ruhe zu viert und Ethan würde es mit Sicherheit guttun, etwas Abstand vom Alltag zu bekommen. Das Beste an der ganzen Sache war, dass wir dort mittelmäßigen bis gar keinen Handyempfang hatten, sieben wundervolle Tage ohne Anrufe und Internet. Für die Kinder war das eine Katastrophe, Dylan wollte sofort wieder nach Hause. Es war amüsant, die Familien zu beobachten, die neu ankamen. Alle hatten das Handy in der Hand und liefen verzweifelt um die Bungalows herum, um – wie wir zuvor – festzustellen, dass nirgendwo ein geeignetes Netz zur Verfügung stand. Ich fand das herrlich, es war wie »back to the roots«. Somit saßen wir vier abends zusammen und spielten Spiele wie Stadt-Land-Fluss, Mensch-ärgere-dich-nicht und viele weitere. Pädagogisch gesprochen war es ein bindungsfördernder Urlaub für uns.

Da wir das Jahr zuvor mit den Kindern am Gardasee verbracht hatten und es zeitlich nicht gereicht hatte, meine Freundin Annabell in Wellenstadt zu besuchen, was wir seit Mikes Tod regelmäßig taten, plante ich für die Rückfahrt aus dem Norden einen Besuch bei ihr ein.

Für den geplanten Tag war Annabell zu einer Ausstellung ihrer Freundin Barbara eingeladen. Kurzerhand beschlossen wir, gemeinsam dorthin zu gehen. Die Vernissage war toll. Barbara war Künstlerin und hatte Bilder über ihre Flucht mit den Eltern aus Polen nach Deutschland gezeichnet zu der Zeit, als die Russen in das heutige Polen einmarschiert waren. Zu der Zeit schien es vorzukommen, dass Soldaten Kinder in den Zug steckten, während ihre Eltern auf dem Feld oder beim Milch holen waren. Kamen sie schließlich zurück, waren ihre Kinder weg. Barbara hatte quasi Glück im Unglück. Ich war entsetzt und zugleich schwer beeindruckt von ihrer Geschichte und wie sie ihr Trauma in den Bildern verarbeitete. Annabell und ich blieben lange dort.

Annabell hat ein großes Herz, hatte sie jedoch eine Meinung zu einer Sache, so war diese unverrückbar, was ich am nächsten Morgen auch zu spüren bekommen sollte. Ich stelle mir immer noch die Frage, warum ich dauernd in solche Situationen gerate.

Als wir zurückkehrten, waren die Kinder schon im Bett und Ethan leistete uns noch Gesellschaft. Es gab so viel zu erzählen, dass wir gar nicht merkten, wie die Zeit verging. Das ist immer so: Wenn es schön ist, vergeht die Zeit wie im Flug. Es war drei Uhr in der Früh, als wir zu Bett gingen.

Das Frühstück am nächsten Morgen war ein Genuss, mit frischen Brötchen vom Bäcker. Gesprächsthemen gab es mehr als genug. Unvermittelt kam Annabell auf die Zeit zu sprechen, in der Mike und ich noch ein Paar waren.

Ich ahnte, worauf sie hinauswollte und versuchte, das Thema zu wechseln, jedoch ohne Erfolg. Sie fragte mich, ob ich mitbekommen hätte, was dort in unserer ehemaligen Wohngegend mittlerweile so los wäre, etwa dass Familie Eins einfach das Haus gekauft habe, in dem Familie Zwei seit fünfundzwanzig Jahren lebte. Alles sei von heute auf morgen passiert, die einen hätten den anderen einfach herzlos das Heim unterm Arsch weggekauft. Meine Unkenntnis der Geschehnisse und mein Desinteresse, das ich demonstrativ zum Ausdruck brachte, wirkten auf sie, als würde ich Öl ins Feuer gießen. Annabell sprühte vor Vorwürfen. Ich hätte mich von den Menschen dort nie richtig verabschiedet und es sei ziemlich schlimm, was alles so passiert war, das müsse mich doch betroffen machen. Immerhin würde unsere gemeinsame Freundin Jennifer, die noch mitten in diesem Bienenstock wohnte, aktuell sehr darunter leiden, dass Familie Zwei nun von dort wegziehen müsse. Sie erwartete von mir, dass ich ihren Argumenten folgte und Familie Zwei bedauerte. Ich fühlte mich innerlich so weit weg von dieser Vergangenheit, dass ich nur sachlich dazu Stellung beziehen wollte. Und außerdem erhielt zum Abschied jeder der Nachbarn in unserer Häuserreihe eine Flasche selbstgemachten Eierlikör mit einer handgeschriebenen Karte von mir. Und zum Streitfall: Familie Zwei war seinerzeit nicht bereit, den geforderten Kaufpreis zu bezahlen, den der Eigentümer verlangt hatte. Familie Eins hingegen hat den gewünschten Betrag offensichtlich bezahlt. Und jetzt? Ist doch normal, dass man sein neu erworbenes Objekt gern selbst beziehen möchte. Mit Sicherheit ist es für Familie Zwei doof gelaufen, nur ist das nicht meine Baustelle. Klar hatte ich Mitgefühl, aber es gibt keinen Grund, diese Angelegenheit nach über fünf Jahren näher an mich heranzulassen oder ihre Freundin Jennifer per solidarischer Entrüstung über das Geschehene zu bedauern.

Die Stimmung am Frühstückstisch kippte. Ethan, Dylan und Bryan gingen schon einmal packen. Mag sein, dass ich die falschen Worte gewählt hatte. Ich konzentrierte mich aber darauf, mich möglichst nicht schuldig zu fühlen, sondern die Situation neutral und nüchtern zu betrachten. Ich konnte verstehen, dass Annabell emotional betroffen war. Sie jedoch konnte offensichtlich nicht akzeptieren, dass es mir nicht so ging. Warum geriet ich immer wieder an Menschen, die Verständnis forderten, das sich unbedingt auf die gleiche engagierte und emotionale Weise ausdrücken sollte, wie sie selbst es empfanden. Sie fühlte sich durch meine Neutralität angegriffen, das zeigte mir ihre Reaktion. Sie wollte meine Allianz gegen Familie Eins. Ich gab ihr stattdessen logische Argumente für Familie Eins. Böser Fehler. Schließlich warf sie mir vor, Jennifer und ich hätten uns sowieso noch nie besonders gut verstanden. Ich verspürte wieder den altbekannten Drang, mich für meine persönliche Meinung zu rechtfertigen, und gab ihm diesmal nach. Als Erklärung für mein hartes Urteil erinnerte ich an die Aktion mit dem Sichtschutz im Garten. Damals hatten wir – Jennifer und ich – gemeinsam entschieden, einen Sichtschutz zwischen unseren Gärten anzubringen. Doch kaum war er installiert, sprach sie nicht mehr mit mir. Es war zu der Zeit, als sie Dylan und ihre Tochter hin und wieder gemeinsam zur Musikschule fuhr. Sie begann, andere Eltern, deren Kinder in derselben Gruppe waren, aufzustacheln, gemeinsam dafür zu sorgen, dass Dylan die Gruppe verließ. Andernfalls, so die Drohung, würden diese Eltern ihre Kinder von der Schule nehmen. Ich erhielt einen Anruf vom Musiklehrer, der mich ohne Begründung bat, meinen Sohn aus der Schule zu nehmen, um weitere Austritte zu vermeiden. Als ich ihn am gleichen Abend abholte, nutzte ich die Gelegenheit, mit allen zeitgleich zu sprechen. Sie verleugneten, involviert zu sein. »So, und wer von euch nimmt jetzt konkret sein Kind aus der Gruppe, wenn mein Sohn sie nicht verlässt?«, stellte ich sie zur Rede. Das kostete mich allen Mut und alle Kraft. Nur eine einzige Person hatte den Mut, mir gegenüber einzugestehen, mitgemacht zu haben. Traurig eigentlich. Jennifer war also nur eine Nachbarin und nicht meine Busenfreundin. Dylan konnte bleiben.

Zurück zu Annabell: Wer von euch kennt das Gefühl eines Abschieds, der vorerst der letzte für unbestimmte Zeit sein wird? So ging es mir an jenem Tag mit Annabell. Es war ein ziemlich unterkühltes Auseinandergehen. Nur warum zum Teufel fühlte ich mich schon wieder schuldig?

Zwei Stunden nach unserer Abreise schickte mir Annabell ein Bild von ihrem mit drei Zigarettenstummeln gefüllten Aschenbecher mit dem Kommentar »Lecker!« und einem traurigen Smiley dabei. Mist, Ethan hatte vergessen, ihn auszuleeren. Ich entschuldigte mich in aller Form, hatte aber in erster Linie den Eindruck, dass Annabell eine Entschuldigung für den misslungenen Meinungsaustausch mit mir wollte und nicht für die vergessenen Kippen. Wie bereits erwähnt, hatte sie zwar ein gutes Herz, war jedoch jemand nicht ihrer Meinung, war er unwiderruflich unten durch. So fühlte es sich für mich jedenfalls seitdem an.

Stau am Autobahnkreuz »Gehirn«

Heute war Bryans großer Tag und an solchen besonderen Tagen merkt man, wie schnell die Zeit vergeht. Vor rund sieben Jahren hatte Dylan seine Erstkommunion. Damals wusste noch keiner, welche Veränderungen das Leben knapp zwei Wochen später für uns bereithalten würde. Woher auch? Vielleicht ahnte ich es im Unterbewusstsein, aber das bleibt Spekulation.

Ein halbes Jahr vor Mikes Suizid hatte ich ihm zuliebe meine Therapie abgebrochen. Ich war damals dabei, meine Kindheit aufzuarbeiten. Im Lauf unseres Lebens kommt es immer wieder vor, etwas verändern zu wollen. Und wie so viele von uns wusste ich zuerst nicht, wie ich das anstellen sollte. Wie sollte ich es schaffen, gewohnte Muster zu durchbrechen, mich gut genug zu fühlen, wie ich bin, und Selbstbewusstsein zu entwickeln? Innerlich fühlte ich mich damals wie ein hilfloses Kind. Daher entschied ich mich für eine Therapie. Mike fand das total doof. Immer wieder hielt er mir vor, ich würde mich dadurch sehr verändern. »Jeder Mensch, der bereit sei, eine Therapie zu machen, würde sich im Lauf dieses Prozesses verändern und weiterentwickeln, wenn er es zuließe«, antwortete ich darauf stets. Ich hatte es so satt, mich für jede Entscheidung, die ich für mich im Leben traf, schuldig zu fühlen.

Jedenfalls brach ich ihm zuliebe die Therapie ab, weil es mit meiner Weiterentwicklung tatsächlich schwieriger zwischen uns wurde. Das gegenseitige Verständnis stieß häufiger an Grenzen. Wir entfremdeten uns immer mehr voneinander.

Ich zog mich innerlich mehr und mehr zurück. Gleichzeitig kam mit dieser Entwicklung und der Therapiepause Ärger, ja fast Wut, in mir auf. Wie lächerlich das war! Immer wieder ruderte ich zurück, um es anderen recht zu machen. Verdammt nochmal, wo war meine Kraft für die Selbstfürsorge? Ich hätte in vielen Momenten gleichzeitig schreien und weinen mögen.

In den Monaten vor der Therapie hatte ich zunehmend panische Angst davor gehabt, meine Kinder nicht aufwachsen zu sehen. Ich weiß noch, dass ich während einer größeren Zahnbehandlung hätte losheulen können, weil ich dieses schreckliche Gefühl hatte, meine Kinder müssten ohne mich aufwachsen, weil ich bald sterbe. Das war so echt, unheimlich und etwas völlig Neues für mich. Leider wurden diese Zustände der Angst immer intensiver. Manchmal schreckte ich mitten in der Nacht aus einem Albtraum hoch, in dem ich ums Leben kam und rang nach Luft. Ein besonders bedrohlicher Moment von Angst war, als Mike und ich einmal Sex hatten und er mir dabei ein Kissen aufs Gesicht drückte. Er hätte es nicht bemerkt, behauptete er im Nachhinein. Ich rang panisch nach Luft und schlug ihm im Affekt ins Gesicht. Erst dann konnte ich mich vom Kissen befreien. Ich stand nicht auf solche Dinge. Es tat ihm leid. Wenn ich mir selbst gegenüber ehrlich bin, haben Situationen wie diese sehr viel in mir und zwischen uns verändert. Das ging nicht spurlos an mir vorüber, weiß ich heute, wo ich es mit Abstand sehen kann. Ein paar Tage später, ich saß gerade am Steuer und fuhr von Ruderach nach Sommerdorf, blickte ich in den Rückspiegel und sah mir dabei einen Moment lang selbst in die Augen. Unvermittelt kamen Tränen. Ich war unendlich traurig und wusste nicht einmal warum. Meine Gedanken wirbelten durcheinander. Ich kann mich noch daran erinnern, dass ich dachte: *Verdammt, ich bin zu jung, um schon Witwe zu sein.* Ich wischte mir die Tränen aus dem Gesicht. *Das passende Auto habe ich ja schon: einen Touran VW, schwarz natürlich. Und eine ganz ansehnliche Witwe wäre ich auch.* Wie arrogant und überheblich fühlte ich mich in diesem Moment! Ich konnte damals ja nicht ahnen, dass ich ein paar Wochen später tatsächlich meinen Mann beerdigen würde. Diese Gedanken und Begebenheiten in der Zeit vor Mikes Tod schockierten mich nachhaltig. Heute, rund neun Jahre und eine lange Therapie später, erschreckt und fasziniert mich zugleich, wie verbunden zwei Menschen in ihrer Beziehung möglicherweise sind. Mein Gefühl sagt mir bis heute, Mike hatte sich zu dieser Zeit bereits Gedanken über sein Ableben gemacht.

Auch in jener Musiknacht, in der er sich dann tatsächlich das Leben nahm, hatte ich diese unvermittelt panische Angst vor ihm, als er mich am Arm packte und sagte: »Los, wir gehen jetzt nach Hause!« Ich fühlte mich eingeschüchtert und wie gelähmt. Es fühlte sich an, als würde mich eine unsichtbare Hand zurückhalten und mich daran hindern, mit ihm mitzugehen. Ich fühlte eine für mich nicht einzuordnende Bedrohung. Es war, wie wenn mich etwas in Richtung eines schwarzen Lochs zog. Mein Vater hat irgendwann einmal zu mir gesagt, wir würden das Glöckchen klingeln hören, wenn es soweit wäre zu gehen. Habe ich damals unterbewusst geahnt, was Mike vorhatte? Diese Frage begleitet mich bis heute. Gäbe es mich heute noch, wenn ich mit ihm in dieser Nacht nach Hause gegangen wäre? Fragen über Fragen … Vielleicht sind wir nicht ganz bei Sinnen, wenn uns traumatische Erinnerungen streifen. Aber wer kann schon von sich behaupten, nicht ab und zu wirres Zeug zu denken, dessen Wahrheitsgehalt er nicht einwandfrei ausfindig machen kann? In diesem Zusammenhang fällt mir jetzt gerade ein, dass Mike mir in einem Streit einmal gedroht hatte: »Wenn ich dich nicht haben kann, dann wird dich keiner haben!«

Merke: Was Dich zu Lebzeiten am Partner stört, gibt Dir nach seinem Tod Halt

Wir ärgern uns oft über dieselben, banalen Dinge, immer und immer wieder. Mikes schwarzer Geldbeutel war so ein banales Ding: Tagtäglich hat er ihn in mein Deko-Regal gelegt. Du meine Güte, was habe ich mich darüber geärgert. Wir hatten einen Ablagetisch für solche Dinge, direkt am Eingang. Aber nein, das olle Ding lag aus Prinzip mitten in meinem Deko-Regal. Nach Mikes Tod erwischte ich mich dann immer wieder dabei, wie ich seinen schwarzen Geldbeutel höchstselbst in das bescheuerte Deko-Regal legte. Und ich vermisste es schmerzlich, dass ich mich jetzt nicht mehr darüber aufregen konnte.

Damals, vor Dylans Kommunion, ging Mike regelmäßig mit ihm zu den vorbereitenden Gottesdiensten. Bryan war erst knapp zwei Jahre alt und ich hatte ehrlich gesagt keine Lust, mir mit einem Kleinkind den Stress zu geben, in die Kirche zu gehen. Das sollte am Tag der Kommunion ein einmaliges Erlebnis sein.

Am Palmsonntag vor Bryans Kommunion und rund sieben Jahre nach Mikes Tod waren die Kinder älter, deshalb gingen wir alle gemeinsam in die Kirche. Ethan und ich zusammen in der Kirche – eine zweistündige, bis dato unbekannte Erfahrung. Ich hätte besser mal Essen und Trinken eingepackt, unsere Mägen knurrten lautstark und es machte sich Reizbarkeit breit. Dennoch genoss ich es sehr, genau jetzt genau hier mit Ethan zu stehen. Es tat so gut, ihn an meiner Seite zu wissen, und ich schätzte sehr, dass er uns trotz geringer Kirchenaffinität begleitete. Er selbst hatte mit achtzehn das Handtuch geworfen und war ausgetreten. Das ist Liebe: Wenn der Partner die Kinder und dich zu allen wichtigen Ereignissen begleitet. Außerdem: Wer konnte unserem kleinen Buddha Bryan schon etwas abschlagen? Die Bindung zwischen den beiden ist besonders, ich brauche sie nicht zu verstehen, sie ist einfach im Stillen entstanden und ich genieße, dass es sie gibt.

Bryan stellte sich eines Tages vor Ethan und mich und sagte: »Ethan, du warst schon bei meiner Geburt dabei, du warst schon immer mein Vater!« Bitte was? Woher nahm dieser kleine Kerl solche Gedanken? Es ist schön, zu sehen, wie gut sich die drei bis heute verstehen und wie wir vier in den letzten

Jahren zu einer Familie zusammengewachsen sind. Ethan hatte recht: Alles ist gut!

Muss man immer von allem das Beste haben oder reicht es auch, aus dem, was man hat, das Beste zu machen?

Noch einmal zurück in die Vergangenheit: Ich erinnere mich an Dylans Kommunion. Niemand fragte, was er beitragen oder mitbringen könne. Da ging es nur um die Bedürfnisse der Besucher. Ich weiß noch, dass meine Ex-Schwiegermutter im Auto sitzen bleiben musste, weil unser Neffe dort bei deren Ankunft noch schlief. Er sollte nicht allein aufwachen. Zur Krönung bekam sie sogar ihr Essen im Auto serviert. Das eigentlich Seltsame war jedoch, dass wir an diesem Tag getrennt feierten. Mikes ältere Schwester wollte lieber mit der engsten Familie gesondert die Kommunion ihrer Tochter feiern. Zumindest an diesem Tag zählten wir also nicht dazu.

Heute, sieben Jahre später, wurde ich schon im Vorhinein von Ethans Familie gefragt, was sie mitbringen können. Es sind die kleinen Aufmerksamkeiten im Leben, die glücklich machen und das ist ein ganz neues Lebensgefühl für mich. Ethans Tante steuerte den Tischschmuck bei. Seine Oma backte eine Torte, seine Mutter zauberte eine leckere Gemüselasagne und einen traumhaften Nachttisch.

Meine Mutter fragte mich allen Ernstes, ob sie ihren neuen Freund mitbringen dürfe. Ich erfuhr erst dadurch, dass sie überhaupt einen neuen Freund hatte. Völlig perplex verneinte ich das und hörte mich sagen, dass man ihn ja schließlich nicht essen könne!

Ich kann mich noch daran erinnern, wie schlecht sie beim zweiten gemeinsamen Weihnachtsfest mit Ethans Eltern über diesen neuen »Bekannten« gesprochen hatte. Sie hätte noch nie einen derart bösen Menschen kennengelernt und sie wolle mit diesem Mann nie wieder etwas zu tun haben. Was auch immer im Zeitraum zwischen Kennenlernen und Kommunion ihre Meinung zu diesem Menschen geändert haben mochte: Ich entschied, dass ihr neuer Freund nicht Teil unserer Kernfamilie an Bryans Kommunion sein würde. Auch ich habe Grenzen. Grenzen, über die sich meine Mutter gern hinwegsetzt. Ihre hingegen schreien stets danach, akzeptiert und respektiert zu werden.

Er blieb nicht das einzige Thema, das mich sprachlos ließ. Meine Mutter ist der Hammer: Kaum sah sie, was die anderen alles mitgebracht hatten, fragte sie: »Warum hast du denn nichts gesagt?« Jedes Mal läuft es so ab, eine Endlosschleife: Vorab vermeidet sie jede Situation, in der sie vielleicht fragen müsste, was sie beitragen kann, und sobald der Zug abgefahren ist liefert sie die Frage nach. *Bitte, lieber Gott, ich will niemals so werden wie meine Mutter*, bete ich von Zeit zu Zeit. Vergebens! Wie oft habe ich mich schon dabei erwischt, dass ich mich wie meine Mutter anhöre. *Verdammt!* Ich bin sicher, auch sie wollte nie so werden wie ihre Mutter. Das ging gründlich daneben: Sie ist wie meine Oma. Wie viele Generationen zurück das wohl bereits so geht? Mittlerweile, wenn meine Mutter wieder einmal wortreich in Selbstmitleid verfällt, läuft bei mir innerlich eine Fahrstuhl-Musik im Kopf, weil ich es sonst keine fünf Minuten entspannt im Raum mit ihr aushalten würde.

Unweigerlich wurden auch meine Kinder immer wieder mit ihren Verhaltensmustern konfrontiert: »Na, Bryan, wann schläfst du denn mal bei Oma? Du hast mir doch versprochen, dass du dich meldest.« *Bitte was, liebe Mutter, ist das dein Ernst? Das ist ein Kind! Da musst DU am Ball bleiben.* Es scheint gefühlt eine ihrer Lieblingsbeschäftigungen, die Verantwortung immer und immer wieder an andere abzugeben, sogar an Kinder. Ich erwischte mich bei dem Gedanken, dass es ihr überhaupt nicht darum ging, ihren Enkel bei sich zu haben, sondern vielmehr darum, als Oma ein gutes Bild abzugeben. Sie stellte solche Fragen nämlich strategisch immer nur dann, wenn noch andere im Raum waren, die ihr Engagement um die Enkel mitbekamen.

Wunderbar, wie sich an diesem Kommunionstag alle einbrachten. Das ist mein Verständnis von Familie. Und ich habe ganz nebenbei meine wichtigsten Familienregeln für mich entdeckt. Ich pflege sie seit sechs Jahren. Regel Nummer eins: Wir sind eine Familie. Diese Regel ist die Basis für alle weiteren. Wir sind immer füreinander da. Wir umarmen uns jeden Tag. Wir lachen gern und viel. Wir halten zusammen. Wir teilen unsere Sorgen, sagen bitte und danke, sind neugierig und probieren neue Sachen aus, zeigen Respekt, hören immer zu und machen aus allem das Beste. Wir drei, meine Jungs und ich, haben echt Glück, dass wir mit Ethan zu einer neuen, kleinen Familie zusammenwachsen durften. Für mich zählen unabhängig davon auch die engsten Freunde zur Familie. Freunde sind nämlich die Familie, die wir uns im Lauf unseres Lebens selbst aussuchen.

Happy End

Heute ist unser großer Tag. Heute werde ich den Mann heiraten, den ich von Herzen zu lieben und zu schätzen gelernt habe. Vor zwölf Jahren stand ich über Nacht vor den Trümmern meines Lebens, nachdem mein damaliger Mann sich suizidiert hatte. Es war ein langer Weg und ich habe endlich Frieden gefunden. Ich habe einen Partner an meiner Seite, der meine Kinder wie seine eigenen liebt und der mich so nimmt, wie ich bin. Einen, der kein Problem mit meinem toten Mann hat und wirklich alles für unsere kleine Familie tut, was er kann. Mit das Wundervollste an ihm ist: Ich kann mich auf ihn verlassen und ihm alles anvertrauen. Wenn es Probleme gibt, ist er da. Wenn es einmal wieder notwendig ist, mir den Kopf zurechtzurücken, hilft er mir dabei. Ich bin jeden Tag dafür dankbar, dass er an meiner Seite ist. Durch ihn hat sich mein Leben wieder mit der wunderbarsten Farbenpracht gefüllt! Es ist ein Gemälde, ein Kunstwerk, voll wunderbarem Inhalt und schönstem Ausdruck.

Während mir meine Mutter in mein wunderschönes, elfenbeinfarbenes Kleid hilft, denke ich daran, dass sie und ich nicht immer die beste Beziehung miteinander hatten. Dennoch haben wir in den letzten Jahren auf wunderbare Weise wieder einen Weg zueinander gefunden. Ich könnte weinen vor Glück – okay, ein paar Tränen fließen gerade.

Es klopft an der Tür. Emely lächelt mich an: »Es wird Zeit, die Gäste warten.«

»Stimmt, ohne Braut gibt es keine Hochzeit.« Ich fasse mich wieder. Mit einem glücklichen Lächeln schreite ich in Richtung Kutsche. Und wenn ich sage, ich schreite, dann heißt das so viel wie: Ich stolpere in bewährter Weise über meine eigenen Füße. High-Heels gehören nicht zu meinem täglichen Schuhwerk, aber die weißen Turnschuhe bleiben heute im Schrank! Es ist immer wieder erstaunlich, wie gewisse Gedanken einen in unterschiedliche Situationen zurückversetzen. Während ich mich konzentriere, nicht zu stolpern, erinnere ich mich daran, wie Samantha damals während Mikes Beerdigung zu mir sagte: »Isabell, komm jetzt, die Gäste warten.«

Die Kutsche fährt langsam in Richtung Schlosskirche. Es ist ein herrlicher Tag, wie im Märchen, mein Kleinmädchen-Traum wird gerade wahr. Wie groß war doch in den vergangenen Jahren meine Panik davor, loszulassen und die Handbremse zu lösen. Die ganze Zeit über hatte ich ungewollt oder vielmehr unbewusst an etwas festgehalten, das schon lange vorbei war und auch nie wieder zurückkommen würde. Mittlerweile wusste ich: Wer nicht den Mut hat, irgendwann das Ende anzuerkennen, für den gibt es auch keinen Neuanfang. Vermutlich hätte ich ohne diese Erkenntnis das Schönste verpasst, das es auf der Welt für mich gibt: Das Aufeinandertreffen zweier fremder Familien, aus denen durch Liebe eine wird. Das heute war ein wunderbarer Neubeginn.

Die Kutsche ist mittlerweile unterhalb der Schlosskirche in Burnau angekommen. Als ich das Schloss Murrach erblicke, erinnere ich mich daran, wie ich damals, vor rund achtzehn Jahren, Mike mein Jawort gegeben hatte. Schon wieder ein Stück Vergangenheit, das mich in diesem Moment einholt. Was sollte ich bloß machen? Das sind nun einmal meine Erinnerungen, ein Teil von mir. Wir hatten damals nicht kirchlich geheiratet. Das hier war also einmalig in meinem Leben!

Heute würde ich endlich den Mann heiraten, auf den ich intuitiv mein ganzes Leben gewartet hatte, ebenso wie Ethan auf mich gewartet hatte. Vor zehn Jahren hatte er mir einmal gesagt, dass er nie heiraten wolle. Fünf Jahre später hatte er mir das erste Mal unterbreitet, dass er mir meinen Wunsch vielleicht erfüllen könne, mich irgendwann zu heiraten. Das mag zwar nicht der gefühlsbetonteste Heiratsantrag der Welt gewesen sein, aber es würde mir eine Ehre sein, Ethans Frau zu werden.

Wenn wir bereit sind, in unserem Leben Verlust und Schmerz loszulassen, kann alles heilen. Ethan und ich waren endlich angekommen. Wir hatten es geschafft, gemeinsam einen Weg zu finden und Vergangenes loszulassen. Unser Jawort sollte diesen Erfolg besiegeln.

Alle sind da, einfach alle, um mit uns diesen Tag zu feiern. Ich bin so überwältigt. Meine beiden Jungs werden mich gleich zum Altar begleiten, genauso wie ich es mir die letzten Jahre immer vorgestellt habe. Alles ist perfekt. Dylan und Bryan sind inzwischen so groß geworden, Wahnsinn. Ich bin so stolz auf meine Jungs und auch auf mich. Ich bin stolz darauf, dass ich nie aufgegeben habe, auch wenn ich ganz oft kurz davor war. Der Weg war hart und steinig und wenn ich nicht täglich an mir gearbeitet hätte, hätte ich vermutlich nie die Energie und Kraft aufgebracht, weiterzukämpfen und vorwärtszublicken. Und ich hätte wohl nicht all die wundervollen Menschen kennengelernt, die mir so viel bedeuten. Hier stehe ich und bin glücklich, sie an diesem besonderen Tag alle vereint zu sehen. Meine Jungs nehmen mich in die Mitte und wir schreiten in die Kirche. Das Klavier setzt ein: »Dir gehört mein Herz« klingt durch den Raum. Ein Song aus dem Film »Tarzan«: Der Text beschreibt meine Gefühle und meinen Weg durch all die Jahre und die sich in diesem Moment erfüllende Hoffnung, endlich anzukommen in meinem neuen Leben.

Ich fühle tiefen Frieden in mir. Ich fühle mich stark und erinnere mich an eine gemeinsame Wanderung mit den drei Kindern, als Logan Angst hatte, ich würde seine Hand loslassen. Damals hatte Ethan zu ihm gesagt: »Isabell lässt eine Hand, die sie hält, nicht mehr so schnell los, du brauchst keine zu Angst haben.« Ethan und Logan standen bereits vorne am Altar.

Es ist ein so unglaublich schönes Gefühl, dass wir am Tag unserer Hochzeit alle zusammen sind. Da vorne, nur noch wenige Schritte entfernt, steht Ethan, mein Mr. Right. Er sieht unglaublich gut aus in seinem Anzug. Sein Anblick raubt mir beinah den Atem. Mein Kopf ist plötzlich leer. Kurz überkommt mich Angst. Ausgerechnet jetzt? Meine beiden Söhne spüren mein kurzes Zögern, und nehmen mich auf den letzten Metern bei den Händen. Vorne angekommen, legt Dylan schließlich meine Hand in Ethans Hand. *Verdammt*, Tränen bahnen sich ihren Weg in mein Gesicht. Auf meinen entschuldigenden Blick hin lächelt Ethan mich an und flüstert: »Du bist wunderschön!«

Über dem Altar, ganz oben an der Decke, hängt ein Spiegel. Einer Sage nach heißt es, wenn das Paar, das sich hier traut, gemeinsam in den Spiegel blickt, dann hält diese Liebe für immer. Ich wünsche mir in diesem Augenblick nichts mehr, als dass die Geschichte wahr ist, denn es ist meine Geschichte.

Als ich nach oben in den Spiegel schaue, blicke ich direkt in Ethans tiefe, grünbraune Augen. Unsere Blicke halten sich einen wundervollen Moment lang fest und ich weiß: *Hier bin ich zuhause!*

Ich höre den Pfarrer die alles entscheidende Frage stellen: »Willst du, Isabell, den hier anwesenden Ethan zu deinem angetrauten Ehemann nehmen?« In Sekundenbruchteilen zieht mein Leben im Schnelldurchlauf an mir vorbei, alle Ängste lösen sich in diesem Moment auf. Was bleibt, bin ich – im Hier und Jetzt. War ich bereit, mich endgültig in dieses neue und wunderbare Leben fallen zu lassen?
»Ja, ich will!«